Best Time

白 马 时 光

初 来 乍 到

请 多 关 照

目 录　CONTENTS

序　001

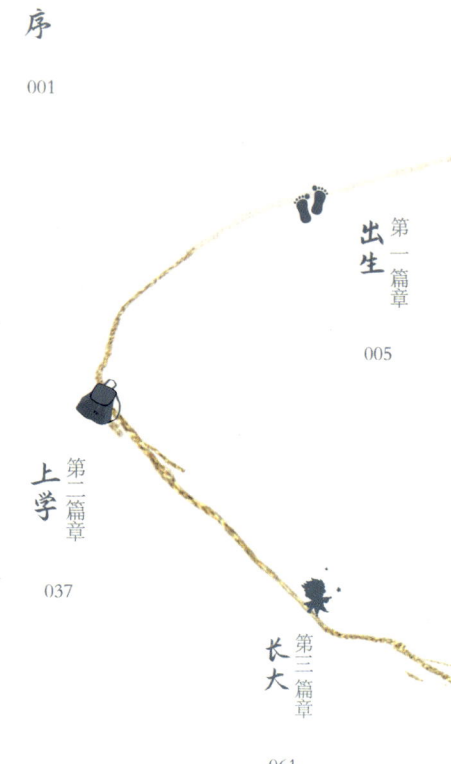

第一篇章　出生　005

第二篇章　上学　037

第三篇章　长大　061

115

第五篇章
上班

149

第六篇章
结婚

第四篇章
当兵

087

第七篇章 进城
173

第八篇章 买房
197

第九篇章 相守
219

第十篇章 退休
243

目 录　CONTENTS

第十一篇章
养老
267

第十二篇章
告别
295

后记
321

总导演手记
326

*The Firsts
in life*

序

"初来乍到,请多关照",这是人文纪录片《人生第一次》宣传海报上的一句话。这部由中央广播电视总台央视网出品,央视网、上海广播电视台纪录片中心联合制作的2020年开年纪录片,播出之后受到广大观众的"关照",火了!在视频下面的评论区,随处可见"泪目""感动""看哭了"等留言。

《人生第一次》为何能够让平静如水的讲述直抵人心,在观众的内心深处激荡起波涛汹涌的情感?这部作品又给总台的文艺创作积累了哪些宝贵的经验,以及提出了哪些全新的思考?在我看来,这些问题的终极落点,离不开"为人民抒写、为人民抒情、为人民抒怀"。现实主义的创作方式,是扎根人民、根植大地,是对人民生活的真实展现、对社会变化的深刻认识、对时代进步的鲜活反映。

《人生第一次》以人民生活为创作源泉,把镜头聚焦于一个个普通的人,关照人与人、人与社会、人与自然的关系,点赞平凡人生的不凡意义,讲述奋进中国的奋斗故事。

这是一幅中国式的人生图鉴。

该纪录片以生活流的叙事手法,聚焦出生、上学、长大、上班、结婚、买房、相守、退休、养老、告别等 12 个典型的人生断面，通过有机呈现有血有肉、有笑有泪、有情有义的百姓生活图鉴，温暖讲述关于顺境和逆境、生老和病死、梦想和奋斗等重要人生话题。作品所选取的人物和故事既有独特的生命印记，又代表了中国人普遍的精神特质和价值追求——童年的天真与期待，少年的浪漫和热血，成年之后负重前行的勇气和坚强，以及即将告别人世时"平淡而有意义，此生安矣"的淡然和壮丽……足以反映绝大多数中国人一生的模样。

这是一曲平凡人的生命赞歌。

在这幅浓缩普通大众生活全景的画卷上，《人生第一次》特别聚焦了残障人士、留守儿童、进城务工者等群体，以及无痛分娩、教育变革、对口帮扶、老年大学、临终遗嘱等热门话题。多重视角下的多样人生，为观众推开了一扇通往广袤世界的大门，更引导了大家留意不同群体的生活现状和人生态度。它也体现了对这些群体的关怀与敬意，以此鼓励更多的人在平凡的生命里谱写"平淡而有意义"的乐章。

这是一脉中国人的家国深情。

《人生第一次》将时代背景融入个体暖心故事中，用群体人物的平凡人生诠释了时代精神和中国人浓郁的家国情怀。在《当兵》一集中，成为军人的张书豪与母亲合影时，偷偷看母亲的那一刻被定格了下来。解说词是这样说的："军营能把一个男孩儿变成男人，却改变不了他看妈妈的眼神。"这画面中，有报国的豪情，也有爱家的深沉。而《进城》则将镜头对准了刘增雄这样一个基层扶贫干部,展示的是基层扶贫干部的日常生活,承载的是脱贫攻坚这样的时代大主题。

这是一部媒体人的匠心之作。

《人生第一次》之所以被网友称为良心之作,是因为这部作品从策划、拍摄到播出,前后经历了三年多的精心创作、反复打磨。就如第一集《出生》所讲述的孕育过程一样,经历了多重苦痛,才有了纪录片《人生第一次》的精彩问世。拍摄《当兵》时,团队足足蹲守了小半年,因为伞兵必须经历这么长时间的训练才能完成第一跳;拍摄《长大》时,导演用了一半以上的时间和云南乡村漭水中学的留守儿童朝夕相处。可以说,每个看似寻常的镜头背后,都凝聚了主创团队人员的大量心血,也凝聚了对拍摄对象和观众的爱。

"为时代画像、为时代立传、为时代明德",新时代、新征程中,会有更多追梦人和奋斗者的故事,而对火热人生这座"宝藏"的开采也未有穷期。《人生第一次》的成功,坚定了我们继续打造"人生"人文纪实系列IP的信心:在"网络化"和"年轻态"的传播语境下,我们要以润物无声的方式,创作生产出更多传播当代中国价值观念、反映中国人精神追求的优秀作品,并如主题曲的名字一样——"推开世界的门",走到广大人民群众中去,走到观众和网友的心里去。

彭健明
中央广播电视总台编务会议成员、总经理室总经理第一声啼哭之前——中国人的一生，从这里开始。

出生

第一篇章

本集导演：于颖　故事讲述人：涂松岩

『在见到你之前，我已经开始爱你了。』
I have started loving you long before we met.

生孩子，疼。

这种疼，就像有人要从你的鼻孔里挤出一个西瓜，或者有人用尖头皮鞋不停地踢你的肚子。

分娩阵痛到底有多痛？

"可以了！"
"真的可以了！"
"停停停！"

这是几个正在体验分娩阵痛的男人发出的哀号声。

阵痛体验是通过分娩阵痛模拟仪,将两个电极贴贴在体验者的腹部两侧,调节机器增加电流刺激以体验分娩的痛感。体验强度从一级到十级,痛感级别不断增加,据说多数男性体验者通常体验到四五级就无法忍受疼痛继而要求停止体验。

"我想知道,当妈妈真的生产的时候,这种感觉要持续多久?"

在中国,每天平均有超过4万人来到这个世界。

这些孩子中的大多数是在全国超过20万名产科医师和18万名助产士的帮助下,在2.6万家助产机构里诞生的。很多妈妈在回望生产的那段经历时,都不禁感慨万千。

是啊,一个婴儿诞生,世界为之改变。

一切就是从那时开始的。

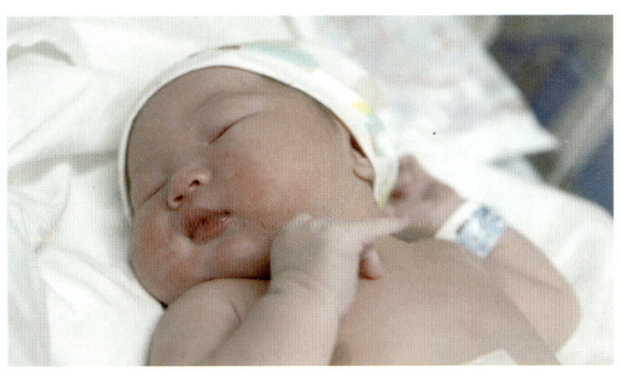

好字成双

> 复旦大学附属妇产科医院

吴丽辉,刚进产房不久,今天她将在这里迎来自己的第二个孩子。

"最好生个小姑娘,一个哥哥,一个妹妹,凑个'好'字。"

对于许多人来说,"儿女双全"是一件美好的事。
随着中国计划生育政策的调整,二胎政策全面开放。很多像吴丽辉这样的家庭,希望能再有一个孩子。

"就觉得现在小孩子比较孤单,想再生一个跟他做伴。"
"大宝比较喜欢妹妹,所以就想给他再找一个小伙伴。"
"这样大的也有玩伴,反正带一个也是带,带两个还是带。"

实现美好憧憬的前提,是要熬过眼前这道坎儿。
顺产过程中最痛苦的,莫过于开指。

助产士:有大便的感觉了,对吗?
吴丽辉:有点儿了。
助产士:有查过宫口吗?
吴丽辉:还没。
助产士:三分钟痛一次有多久啦?
吴丽辉:大概痛了两三次吧。

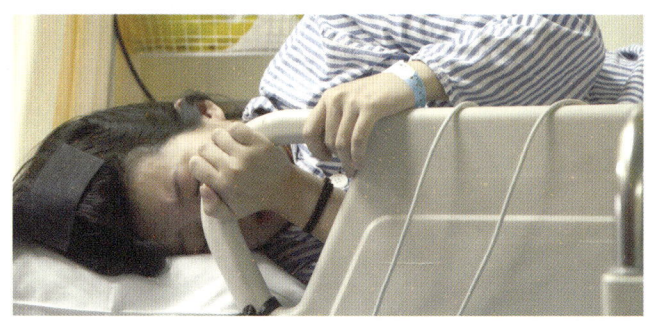
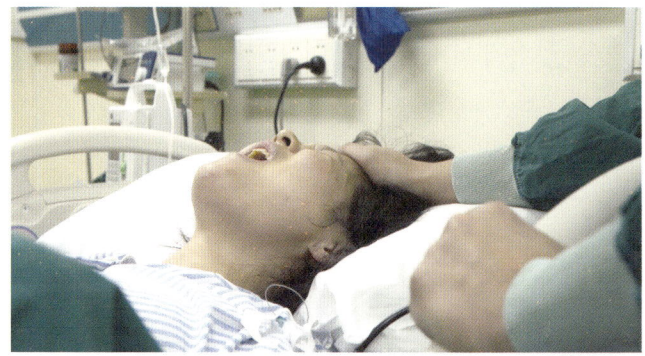
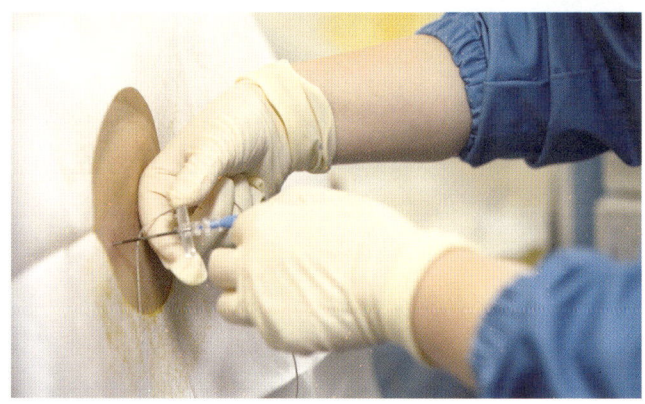

此时产科医生郑韵熹正在为吴丽辉调整胎心监护仪:"随着孕妇宫缩开始和产程的推进,胎儿胎头的位置在下移。胎儿在下降的过程当中,胎心的位置也会随之下移,所以我们现在需要重新找一下胎心的位置并重新给她绑一下胎心监护仪。"

助产士:有大便感吗?
吴丽辉:有的。
助产士:很强烈吗?
吴丽辉:强烈的。
助产士:第一胎生得快吗?
吴丽辉:第一胎生了十二个小时。
助产士:待会儿上个厕所,好吧?你自己没感觉是吗?
吴丽辉:大概太痛了,已经把这个盖过了。

宫口开到一指左右,吴丽辉还能忍。但是漫长的开指过程,让她逐渐吃不消。吴丽辉期盼着自己能够快点儿进入临产状态,这样她就可以打无痛了。

受制于价格设置、传统观念、麻醉医师人力资源不足等诸多因素,目前,中国麻醉分娩镇痛的开展率还不到20%。但无痛分娩正被越来越多的人接受,在上海复旦大学附属妇产科医院,这一比例达到了70%。

打分娩无痛针是将穿刺针穿过产妇腰部的脊椎孔,再将一根细小的导管导入硬膜外腔——那是脊髓腔外的一个充满神经根的潜在腔隙。

打完无痛后的吴丽辉感觉好了很多,她直言麻醉医生于她而言就像天使一样——当痛得快要挺不住的时候,麻醉医生就来了。

如今,很多医院开展了陪产服务,这样家人能够在产妇生孩子的过程中全程陪伴,一同见证孩子出生的那一刻。

吴丽辉的老公陈力歌在助产士的引领下,换好一身的行头,有些激动,又有些忐忑地来到了吴丽辉的身边。

吴丽辉:生第一胎的时候你说不生二胎了。
陈力歌:这次肯定不生三胎了。
吴丽辉:不知道是弟弟还是妹妹。
陈力歌:肯定是妹妹。

每一次子宫的收缩,都是吹响生命的号角。

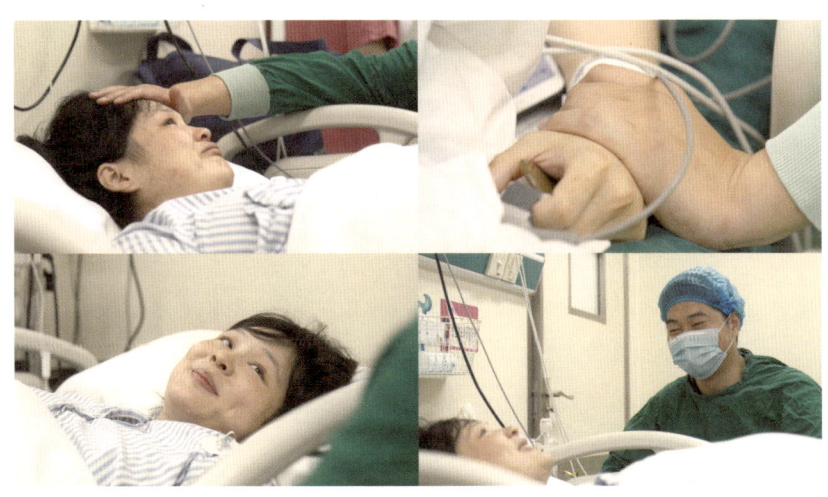

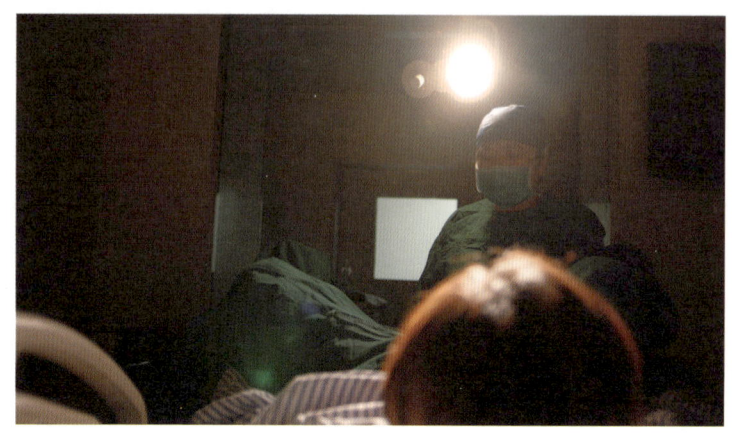

产妇需要借助宫缩的力量,把一切力气往下使,将孩子分娩出体外。

助产士:再来再来,好,可以的,非常好,坚持一下!
陈力歌:加油加油!
助产士:再来再来!
陈力歌:来了来了!
助产士:慢点儿,轻轻地吐气。
助产士:现在不要夹腿。
助产士:放松、吐掉、松口气。还有力气吗?我们再来一次。
助产士:再来再来,屏住屏住。
陈力歌:出来了出来了!
助产士:出来了,14点33分,女孩儿。

陈力歌：妹妹，妹妹！
助产士：恭喜你，亲爱的，眼睛睁开，看到了吗？

"我看到了，宝贝。"
这是人生第一次见面，孩子使劲儿哭，爸妈使劲儿笑。

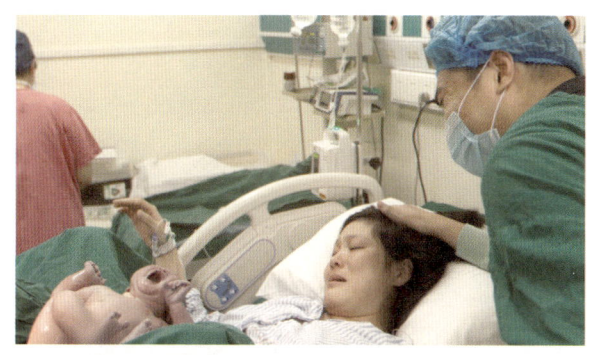

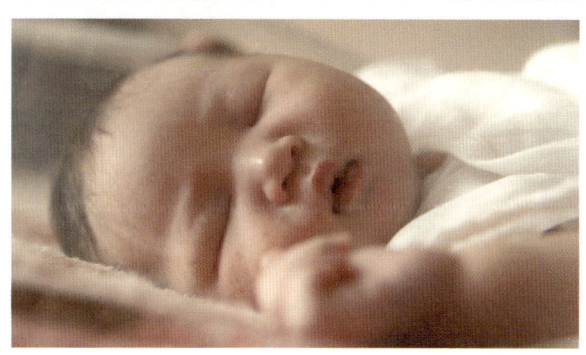

人生初遇

一天又一天，产房外的等候室，随处可见焦灼的家人和消息的守望者。

39 岁的黄晓敏，看上去有点儿坐立难安。因为他的爱人周婷，进入产房已经十多个小时了，这是 36 岁的她第一次当妈妈。

以往，很多产妇怕疼，所以会要求剖宫产。随着分娩镇痛的展开，越来越多的准妈妈倾向自然分娩，周婷也不例外。

医务人员：想征求一下你们的意见，你们是想再继续试一段时间呢，还是转剖宫产？因为现在产妇体温 38 摄氏度，剖宫产是有指征的，也是可以考虑的。孩子本身偏大，不过她骨盆条件还可以。但是，前面一滴催产素后宝宝胎心下来了。后面如果我们不滴催产素的话，产程时间会比较长。

产房外的家人坐立难安，产房内的产妇也纠结万分。拿不定主意的周婷拨通了家人的电话："你说要再试试吗？我自己决定啊，天哪，这个时候我纠结症就犯了。我是很想顺产的，但是……"

发烧导致羊水变热，由于担心宝宝被感染，周婷就没有再坚持顺产。

"还是逃不过剖宫产的命。"她不无遗憾地打趣道。

医生：好一点儿了，你别紧张，这是正常的现象。
医生：哈哈气，好，宝宝要出来了。
医生：出来了，是妹妹。听到女儿哭声了吗？

"当时看到宝宝的时候他的眼泪一下子就流下来了。"提起生产期间等候在门外的黄晓敏，周婷有些心疼又有些好笑，"他这个人很感性的，之前他给自己的压力太大了。其实没关系的，只要我们母女平安就是最好的。"

周婷：两只手托头，然后一只手从她的脊椎插到臀部。
黄晓敏：这只手应该这样，是吗？
周婷：插到臀部把她托起来，然后这只手托另一边。

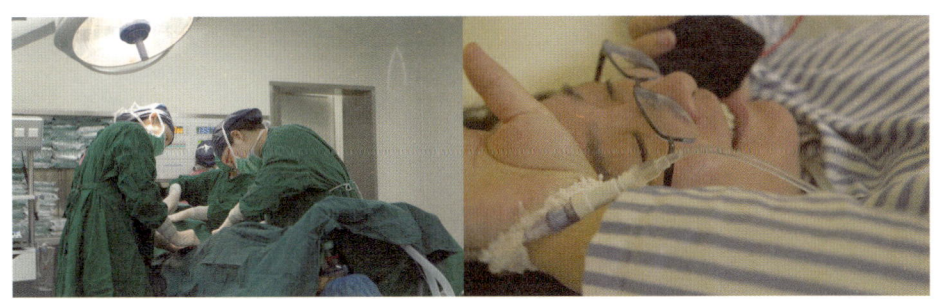

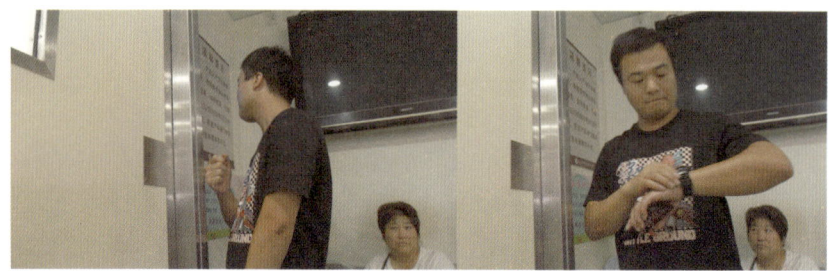

产房外焦急等待的黄晓敏

小心翼翼,视若珍宝。

这是和爸爸的第一次亲密接触。

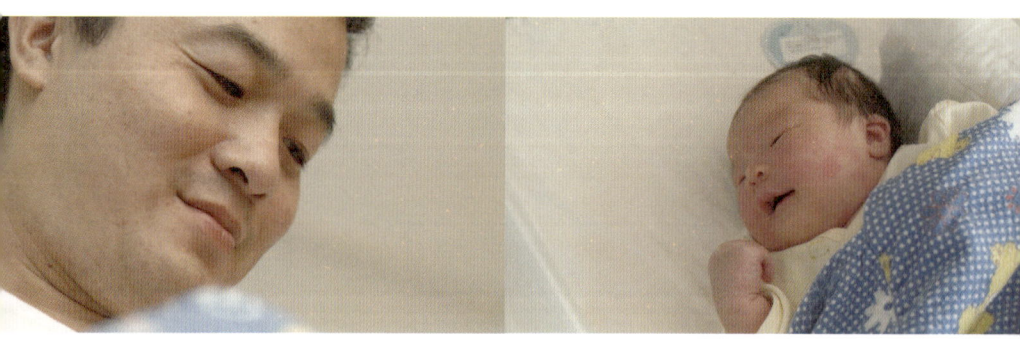

春和景明,波澜不惊

> 上海交通大学医学院附属瑞金医院

关于万物之始,我们总是心存浪漫,然而,对于其中的艰难,有时候我们却无法预料。

心脏外科主任医师赵强:根据我们昨天专家会诊的意见,还有跟你们家属商量的结果,明天我们的手术是全身麻醉,要体外循环,做大人的心脏手术,把坏掉的瓣膜清理掉,把所有的炎症组织都清理干净,然后换一个人工瓣膜。胎儿的死亡风险大概在30%,还是相当高的。

向爽,27岁,因先天性心脏主动脉瓣二叶畸形,明天要接受心脏外科手术。同时她还是一个孕妇,怀的是双胞胎。

妇产科主任医师刘延:都希望是好结局,我们也在往这方面努力。但是因为胎儿只有27周多,他本身的存活率就非常非常低,几乎不存活,所以我们现在的计划是不动胎儿。但是有一点要跟你说明,孕产妇在做这样一个特殊手术的时候,会给她用很多抗凝剂,这个时候,即使发现胎儿的胎心一下子变慢了或者是不好了,原则上我们也不考虑马上在手术的同时给她终止妊娠的。因为这个时候的手术风险太大了，胎盘要剥离，会大面积出血，弄不好子宫也保不住。

"家里统一的意见是暂时先以大人为主。感谢你们，同时也麻烦你们了。讲真心话，这个病在我们那边，真的是没办法了。"王翔带着妻子，从老家到上海一路寻医，明天这一关，不闯也得闯了。

回到病房陪伴妻子的王翔嘴里念叨着："明天，明天……"看出爱人的紧张，向爽安慰他："没事，我肯定没事的。"王翔立刻肯定道："明天你肯定没事的！不用担心。"

向爽问起明天手术的时长，王翔故作轻松道："他们说了，手术情况好的话，一会儿你就出来了。你就相信自己手术情况一定会好的。医生嘛，有些东西肯定讲最坏的，我们心里有数就行了。"

虽然两个孩子还未出生，但是小两口已经早早地为他们起好了名字。

"她梦里面叫了这两个孩子的名字，景明、春和，就这么定了。"

向爽不得不出言更正："是春和、景明。"王翔笑道："春和、景明。好，行。您的文化功底好深，欺负我没文化。"

"孩子的名字你都梦到了，那明天彩票号码是多少？到时候你梦一个，我去买十注，发大财。"一句话又把向爽逗乐了。

手术前夜，紧张混杂着期待，一切都还是未知。

一台手术，三条人命。

向爽的孕期不到 28 周，胎儿太小。所以这次手术不能剖宫产，心脏手术的全程，都可能危及腹中胎儿的性命。

第一篇章・出生

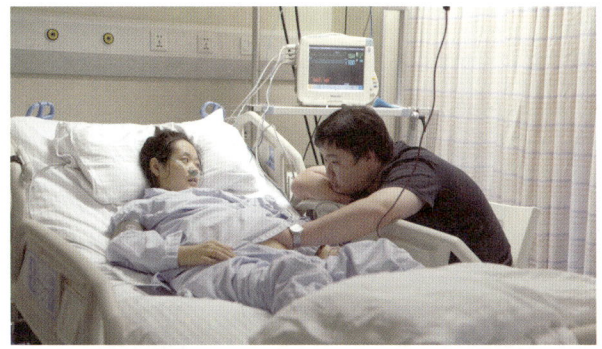

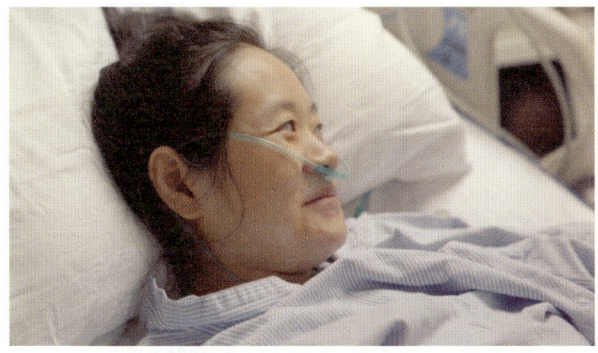

医生：ACT（激活全血凝固时间）还是差一点儿，还是高凝的，所以 ACT 我们还是要等一下。420，还在走。好，那再等，等到 480。

医生：480。好，开始体外（循环），体内还是要冰着的。现在母体的心脏要停了，胎儿有胎心吗？

护士：有。

医生：好。

手术进入到最紧张的一步，向爽的心脏停跳了。

医生必须快，母体心脏停跳，意味着术中低氧、低血糖、高血钾的风险增大，严重威胁着两个胎儿的生命。

医生：我们要把这个坏掉的瓣膜切掉。

医生：小心小心，手上再冲点儿水。给她选这个瓣膜的目的，就是将来万一胎儿不能存活，或者说还想生第二胎的话，那么这个瓣膜就有它的优势了。

医生：心包，处理心包。动脉这个地方还烂了一个洞，我们现在要用她自己的心包给它补起来。

医生：现在我们要逐渐让心脏开始跳起来。

六十分钟过去了，母子平安。

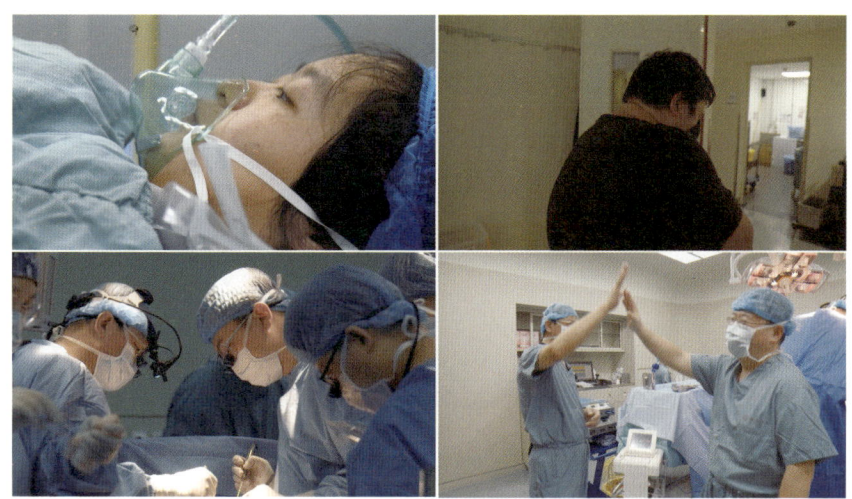

王翔：一点多钟就醒了，还给我打手势，比"耶"，我感觉心里的石头就落下去了。当时她出来的时候，医生跟我讲，手术很顺利，我就挺高兴的。但她跟我比"耶"的时候，我的眼泪就止不住了。

中国有句老话，大难不死，必有后福。

一个多月后，向爽再次进入手术室。这一次，她终于要和自己的孩子见面了。

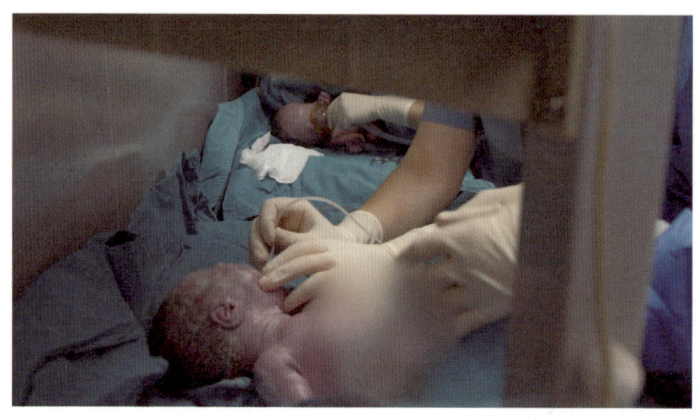

医生：2点40分33秒，第一个宝宝出来了。

医生：第二个宝宝也出来了，2点41分15秒。

医务人员抱着两个孩子出来向王翔报喜，王翔红着眼睛一直追问向爽的情况。听到"生命体征平稳"的消息后，他吊着的那口气，终于松了。

"不是你之前想的一男一女，而是两个男孩儿哦。"医务人员打趣道。

王翔无所谓地一挥手："不要紧！两个男孩儿就两个男孩儿，两个女孩儿就两个女孩儿，一男一女也行。无论怎么样，母子平安就好，他们平安就好。我下辈子不干别的了，就守着他们三个人过了，还能干什么呢？"

亲爱的小孩儿，未来的路那么长，会有一些人喜欢你，也会有一些人不喜欢你。

你会有很多欢喜雀跃的日子，也会有几个无法安睡的长夜。

但此刻你什么也不用想，这是你与世界的第一次见面。

人生初见，春和景明。
Welcome to the world, my breeze and my sunshine.

导演**于颖**手记

我爱你，
毫无理由，无所保留

　　在做这集片子前，我的一个好闺蜜怀孕了，我不免俗套地问起她："你想要儿子还是女儿呀？"她告诉我："儿子吧，可以养得'糙'一点儿，而且女孩子要吃苦的。"我当然了解，这跟重男轻女没什么关系，只是对这个未曾谋面的人的心疼。类似的话，我妈也对我说过，但我终究还是生了个要"吃苦"的。

　　所谓"吃苦"，主要就是指女性"生孩子"这件事。

　　这件事，对女性和整个家庭来说，都是挺大的一件事。但我自己的感受是，单就女性生孩子的细节，大多数中国成年人只是模糊知道，并无从说清。这种对未知的焦虑，让很多孕期的妈妈们拿起书本、加入群聊、走进讲座，首次去学习关于生产、养育中的种种医学知识。但只有当你进到产房后，才会发觉自己对于生孩子的想象，还是只是想象。这也是吸引我去拍摄最日常的产房的其中一点原因。

当然，最吸引我的还是因为，《出生》是关于爱的故事，这种爱毫无理由，但无所保留。

说说实际的拍摄。由于生孩子本身就是件很私密的事，加上拍摄团队除了我之外都是男性，所以在拿到这个选题时，我已经做好了会被拒绝很多次的准备。带着这样的心理预期，我们去到产房。

在这个过程中，医院医生和助产士们给我们提供了很多帮助，我作为一个生过孩子的人，对生孩子过程中的一些环节依然有很多盲区，好多先进的设备我也看不明白。除了解答我的一些疑问外，她们跟我说得最多的一件事，就是注意每一位患者的隐私。因此，即便是要拍摄一个产房中看不清脸的大全景，我们也会事先询问每一位产妇，然后给不愿意出镜的产妇拉上帘子。

可能因为我长得比较面善吧（笑），在跟产妇的沟通中几乎没碰到什么问题，在此也特别感谢每一位愿意接受拍摄的产妇及家属的信任，更开心能给这些家庭留下一段珍贵的影像记录。

有人说，生孩子是婚姻的试金石。很幸运，我们看到了很多金子。

片中的吴丽辉是我们拍摄的第一位主人公，也是一位二胎妈妈。她是那种放在人群中一眼就能吸引到你的人，因为区别于其他产妇，她看上去实在是过于轻松和活泼了。我们见到她的时候，她正躺在病床上，抓紧生孩子前的最后一点儿时间刷"学习强国"。一问一答，她爽快地接受了我们的拍摄。当然，没过多久，我们就眼睁睁地看着她因为疼痛的加剧慢慢"蔫"了。后来终于等到丈夫能进产房陪产时，自始至终无比坚强的吴丽辉终于柔软下来，泪眼汪汪。

　　第二位产妇周婷，因为特别安静又斯斯文文，吸引了我的注意。她一度以为我们是给医院拍宣传片的，只是来做个简单的采访，后来才搞明白我们是要完整地跟踪拍摄她生孩子的过程。在跟周婷沟通完一轮后，我们对照着她给我们的照片，在产房外找到了她的家属。原本我们想先拍一些他们当时的状态再说明来意的，不过一度引起了家属的戒备，好在沟通完之后还是对我们放心了。

　　说点儿片子里没有提及的信息：周婷于2014年开始备孕，过程特别艰难。最早的时候做过输卵管疏通术；后来又因反复出现炎症无法备孕；好不容易炎症痊愈了，又经历了自然流产；还一度怀疑自己子宫内膜不典型增生……过程相当曲折，甚至绝望。所以这次怀孕，周婷非常忐忑，有时候她在微信上跟我开玩笑："老来得子，心态不一样的。"

　　当时周婷生完孩子进行术后缝合的时候，根据流程，助产士先把孩子推出来让家里人见个面，她老公黄晓敏一看到孩子，眼眶立刻就湿了。后来回到等候室，我站在他身边，他一下子就啜泣不止，像个少年一样用袖子拭泪，说周婷受苦了。可惜这一幕没有被我们的镜头记录下来。

　　周婷和黄晓敏的故事并不是一个特别极致的故事，它很平凡，平凡到每个普通人都可能会经历这样的选择。但或许正是因为这样，才特别打动我——那些柔弱中的勇敢，那些坚强中的脆弱。

　　片子播出后，最牵动大家的，莫过于第三个"春和景明"的故事了。我尤其喜欢的段落是片中王翔跟产科医生的一段对话——一个关心则乱、一个答非所问——让人相信，是"宝藏爱人"无疑了。

老实说，除了拍摄的过程中，跟着这些产妇和家人的情绪起伏之外，自己在真正看成片哭的时候，还是在看了观众的弹幕之后。看各位为之高兴、为之牵挂、为之着急、为之祝福，不知怎么我鼻子就酸了。

顺便提一嘴，这个片子我不到 4 岁的女儿跟着我看了不下十遍，以至于她有一段时间特别喜欢玩生孩子的游戏：我扮演孕妇，她扮演医生，让我把一个毛绒玩具塞在衣服里，然后冲我喊"再来再来"；由于看过片子，把式特别专业，生出来还要把"婴儿"（某个毛绒玩具）倒拎着拍到哭为止……

这些片子中出现的爸爸妈妈，也看了片子和大家的留言，有的甚至还"人生第一次"发了弹幕。不过这些妈妈在片子上线后，由于觉得自己生孩子的形象太过狼狈，疼痛的脸部太过狰狞，都很有默契地没有在朋友圈广而告之自己的出镜。无奈节目颇有热度，因此并没能遂了她们的愿，只得在各自的亲朋好友中"原形毕露"。

时隔几个月，由于花絮集的制作，我与她们有过一次视频连线，娃娃们都养得不错，妈妈们都瘦了，个别爸爸据说"过劳肥"了。

说到这里，关于《出生》的台前幕后也差不多说完了。那短暂的时间里，我们用镜头捕捉了他们为人父母的开始，往后，他们将有更多的羁绊，一如"人生第一次"系列所涵盖的方方面面。

愿这种纯粹的爱，我们每个人都能拥有，也能有值得为之付出的人。

人生初见，
以爱之名

故事讲述人：涂松岩

很多人将生孩子称作妈妈们的"人生一战",可见其背后的艰险与不易。

在看这部片子的时候,我总是情不自禁地想起涂一乐出生的那个时候。

四年了,但历历在目。

当时涂一乐脐带绕颈两周,如果顺产的话会有很大的危险,医生让我们自己做决定。我太太真的很勇敢,说:"我们决定自己生。"

然后一声啼哭,母子平安,我想这是两人共同的新生。

我当时整个人是慌的,医生说着"你过来过来"就把我叫过去了。

"你过来,站在这儿。"

"站在这儿,别动。"

"两只手,举起来。"

"这只手拿剪刀。"

医护人员用止血钳把脐带的两端夹住,扭头冲我说:"正中间,剪中间,剪。好,抬头抬头。"然后会有一个医生负责照相:"看镜头,好,笑。"

我拍戏都没那么紧张、没那么僵过。

人生第一次不知所措,奉献在了产房里。

慢慢地,涂一乐会笨拙地翻身了,小手越来越灵活了,哭笑之余还学会了撒娇卖萌,也能跟在我屁股后面学些大人的言语……你看,时光很慢,慢到他的点滴成长都在我眼中;时光又很快,快到我来不及体味个中欢喜他就长成了小大人。

没孩子之前我也演过很多"爸爸",那时候顶多是借鉴别人的经验。真正有了孩子,并且在我真正去照顾过孩子之后,再去拍、再去演,这感觉完全不一样。

孩子,是这个世上一份没有理由的牵挂和爱。

人生初见,以爱之名。

剖宫产和顺产的"网言"，是谣言还是真理？

孕育后代是大部分女性生命中必经的过程，也可以说是人生角色发生转变时需要经历的"劫"。

阴道分娩是人类繁衍后代的自然方式，是最古老、最传统的分娩方式。在没有剖宫产的历史长河中，无法耐受阴道分娩的女性及胎儿若"历劫"失败，便会成为自然的淘汰品，继而"灰飞烟灭"。

随着社会、医学的发展进步和阴道助产技术及剖宫产的诞生，人类通过智慧提升了对抗自然的能力，为女性及胎儿顺利"渡劫"提供了保障。

随着人们生活水平及质量需求的提高，以何种方式迎接腹中宝宝的到来，无疑成了新手爸妈关注的焦点：是阴道分娩还是剖宫产？二者对妈妈和宝宝有什么影响？二者产后的恢复有何差别？是否会影响今后的生活质量？

针对这无数的问题，下面为大家提供一些专业意见。

自然分娩

最自然的便是最好的。如果经过专业的评估确认可以进行阴道分娩的话，自然分娩对于母体和胎儿都是极好的。

首先对于产妇而言，虽然阵痛会给产妇带来精神和肉体上的紧张和痛苦，但这些都是暂时的，都是能够承受的。何况，现在各大医院已广泛开展无痛分娩，大大降低了分娩的疼痛。自然分娩往往较剖宫产创伤小、出血少，且产妇身体机能恢复得更快，生完即可下床自由活动。

对胎儿而言，在自然分娩的过程中，阵发性的宫缩产生脉冲式的挤压推动力量，这会给胎儿带来惊险的历程，告诉胎儿生存不易，使其预先感知尘世的艰难。这种挤压并不是我们想象中的伤害，而是必要的触觉和本体感的学习过程，直接影响孩子长大后动作的灵敏性、协调性，注意力是否集中，情绪是否稳定等。脑部受压后血循环加强，会刺激脑细胞，进而增强了胎儿出生后对缺氧环境的应激能力，有利于大脑的发育。胎儿的胸廓在宫缩挤压时受到相应的、有节律性的压缩和扩张，将呼吸道和肺内的羊水及黏液挤出来，会降低新生儿湿肺和吸入性肺炎的发生率，还使胎儿肺内产生的肺泡表面活性物质因此增多，使胎儿出生后肺泡富有弹性，容易扩张，能及时建立自主的呼吸。此外，产程的刺激会使产妇和胎儿体内产生大量免疫抗体。

因此，自然分娩的新生儿会具有更强的抵抗力和抗感染力，而剖宫产的新生儿却缺乏这一获得抗体的过程。

剖宫产

剖宫产手术只是一种万不得已的分娩方式，是用来解决难产、保障产妇和胎儿安全的一种应急措施，不能盲目选择。尤其是无医学指征的剖宫产不但不能降低围生儿的死亡率，反而会增加剖宫产术后病率及孕产妇死亡率。

剖宫产毕竟是手术，是手术就必然有风险，这并非胎儿分娩的最好方式。对产妇而言，剖宫产增加了手术创伤，出血量常比自然分娩者多；术后刀口愈合和身体完全恢复周期也会比自然分娩者慢；如果发生术中意外或术后刀口感染，更会危及产妇的健康；以后还可能出现恶露长时间不干净、腹腔粘连、子宫内膜异位症、腰痛等后患。对胎儿而言，由于肺部缺少了产道的有益挤压，剖宫产的胎儿出生后容易出现吸入性肺炎、湿肺、呼吸窘迫综合征等，日后患肺炎的几率也会有所增加。同时，因为缺少了产道对脑部的刺激，孩子失去了一次非常好的听觉、本位感觉的训练，日后可能会出现环境适应力差、动作协调能力差、易患多动症等情况。另外，随着二胎政策的开放，剖宫产后再次妊娠发生疤痕妊娠、前置胎盘、胎盘植入、子宫破裂的风险也大大增加，甚至有切除子宫危及产妇生命安全的可能。可见，在无指征的情况下进行剖宫产并不是分娩的最好途径，产妇们应慎重选择。

但若是经过医生专业的分娩评估，产妇和宝宝的情况不适合阴道分娩，也不可一味地"崇尚"自然分娩，需当机立断，选择剖宫产。例如出现产前判断胎儿存在宫内缺氧无法纠正，胎儿过大或胎儿臀位、孕母骨盆过窄或畸形，前置胎盘或胎盘早剥大出血，高龄初产妇，以及孕妇有严重的心脏病、多年的高血压、慢性肾炎或子宫做过手术（有疤痕破裂的可能）等危及母婴的情况。同时，在自然分娩过程中如果发生异常，如产程不顺利、胎儿宫内缺氧，也必须当机立断，改行剖宫产。

简单介绍了阴道分娩和剖宫产的利弊后，对于阴道分娩，产妇们可能还有其他方面的担忧，主要可能有以下几个方面：

疼痛的煎熬让产妇们对阴道分娩心存恐惧，望而却步。

如果将疼痛的程度从轻到重分为 10 级，那么分娩的宫缩痛便已经达到了 10 级。从产程发动到胎儿娩出的时间依赖于宫缩的强度、持续时间等众多因素。为了选择一种自以为较轻松的方式，产妇们就开始想，既然那么疼，也不知道宝宝什么时候才能配合地生出来，还不如直接剖宫产，麻醉后又不疼，还干脆利落。

剖宫产并不是有百利而无一害。自然分娩虽然痛，但仍在能忍受的范围，而由此带来的好处却可以让产妇们终身受益。而且随着医疗技术的进步，分娩镇痛技术的应用大大缓解了分娩的疼痛。医院也加强了孕期健康宣教，事先让产妇及家属了解妊娠分娩的生理过程，解除产妇对分娩的恐惧心理；指导产妇在宫缩增强后做深呼吸动作；提倡陪伴分娩，使产妇获得足够的精神支持，渡过生育难关。

担心自然分娩失败再行剖宫产，遭到二次损伤。

产妇应当要采取什么样的分娩方式，医生都会给出专业的判断，会根据产妇自身的条件选择适合的分娩方式。如果没有顺产条件的话，则会进入计划性剖宫产程序，选择合适的时间进行手术干预。

但有的时候，自然分娩的过程中有可能出现急性的胎儿缺氧、产程进展不顺利或宫内感染等状况，需要手术干预。产妇们也不要后悔，因为经历过宫缩挤压，胎儿也不同程度地受到了锻炼，剖宫产术中子宫的收缩能力和出血可能也会相应减少。

对会阴侧切的恐惧成为自然分娩的绊脚石。

会阴侧切术是指当婴儿的头快露出阴道口时，在会阴附近施予局部麻醉，然后用剪刀剪开会阴，使产道口变宽，以便于胎儿娩出。一般是在初产妇会阴条件不佳，如会阴紧、弹性差或生殖道炎症，以避免严重撕裂伤，胎儿窘迫需尽快让胎儿娩出或早产儿需尽量减少压迫等情况下，为更好地帮助产妇分娩而实施的，并不是所有的产妇都需要侧切。

会阴侧切不会影响到产后"性"福，相反还有利于在产后尽早地恢复性生活。产妇在分娩后应积极母乳喂养，合理进食，并坚持运动。通过锻炼骨盆肌肉就可以改善阴道松弛的现象，恢复好的身材。同时，痔疮的问题也会有不同程度的改善。

总而言之，分娩是一个正常、自然的过程，当产妇具备自然分娩的条件时，应当听从医生的专业意见，选择阴道分娩这种自然、安全的有利方式。痛并快乐的分娩过程，可以让产妇体会到做妈妈的坚定勇敢，完成和宝宝的第一次亲密合作。

复旦大学附属妇产科医院
产科　熊钰主任医师　朱婷婷医生

童年，是梦中的真，是真中的梦，是回忆时含泪的微笑。

上学

第二篇章

本集导演：施筱青

『你还没长大的时候，就是童年。』
When you haven't grown up, you have yourself a childhood.

在中国，每当9月邻近，一类工具书就会被卖到脱销。这类工具书用看图说话的方式，向全国1800万准备上幼儿园的小朋友传递着同一个道理：幼儿园，是一个好地方。

当这些小朋友真正踏入全国26.67万所幼儿园的时候，他们就会发现，童话里都是骗人的。《我爱幼儿园》《幼儿园里我不哭》《幼儿园里不用妈妈陪》……这些书本里的道理和现实不一样。

三年后，他们会升入全国16.18万所小学中，接受国家规定的九年义务教育，迎接更多的挑战。

在迈入校门的这一步步里，他们走过童年，长大成人。

慌乱之初·幼儿园

一到开学时节，全上海的幼儿园门口，都集体上演着"妈妈不要离开我"的催泪大戏。

老师：来，老师抱。
孩子：不要！
老师：给老师抱好不好？
孩子：妈妈！
妈妈：妈妈下课就来接你，宝贝儿。
孩子：不要不要！

妈妈：下午妈妈来接你，好不好？妈妈早一点儿来。

孩子：妈妈！

老师：好棒！来，说再见、拜拜。

孩子：（对老师）拜拜。

老师：是跟他们（指了指父母）拜拜。

孩子：啊呜（开始哭闹）！

孩子们在教室里哭，家长们在教室外默默含泪。

他们迈向社会的第一步，就是克服离开父母的焦虑。

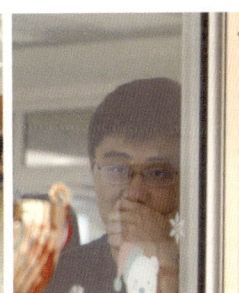

上学第一天，你哭了吗？

导演：第一天上学有没有哭呀？
阿扑：没有。
导演：真的啊？
阿扑：真的。

导演：好，看着我。
喜羊羊：（没反应）
导演：看看我，嘿。

导演：开学第一天有没有哭？
小柚子：哭了。
桉桉：没有。

导演：那么勇敢的啊，为什么这么坚强？
点点：因为长大了。
阿扑：爸爸送你到幼儿园，你千万不能哭，不要家长陪，你就大步地往幼儿园里面走，这就是勇敢。

由上至下为阿扑、喜羊羊、小柚子、桉桉、点点

幼儿园平均一个班有 25 个孩子,他们要在一起生活三年。

小朋友们年纪小,性格也是天差地别,每天都少不了哭闹和突发事件的发生:对家人的思念、对集体生活的不适应、一石激起千层浪般的哭声传染……这一切让幼儿园的老师们不敢有一刻松懈,往往只有在孩子们午睡的时候,她们才能得空吃上一口饭。

藏在幼儿园里的小心思

导演：你睡觉的时候会不会想妈妈呀？

多多：会的，我放在心里想妈妈。

导演：你觉得老师怎么样，你喜欢哪个老师？

任无咎：很好，都不错，都蛮凶的。

导演：蛋炒饭好吃还是白饭好吃？

张乐衡：蛋炒饭。蛋炒饭不是一碗菜一碗饭，是把饭一碗一碗摆好，菜混进去。

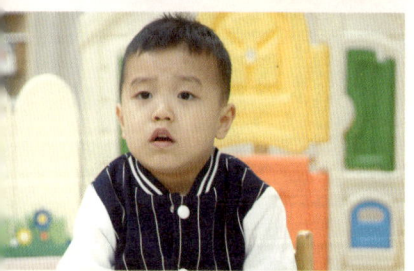

由上至下为多多、任无咎、张乐衡

缤纷伊始·小学

2019年9月2日,郭雨晴正式成为了一名小学生。

和幼儿园不一样,小学的门口,孩子们不再哭闹,父母的眼神里更多的是期盼,为了一点儿仪式感,一些家长在孩子的书包里藏下了小秘密——有人写了一段话,有人放了一棵葱,还有的放了一包统一100方便面——祝愿自己的孩子更聪明,考试100分。

📍 上海市杨浦区杨浦小学

小学一年级,一堂课35分钟,每天7节课。第一堂课,就是相互认识、交朋友。

章皓钦：你好，我叫章皓钦。我很善良，我觉得你也很善良。我能和你做朋友吗？

很快，郭雨晴就又交到了一对最好的朋友——哥哥章皓钦，小名左左；弟弟章皓钧，小名右右。

由左至右依次为雨晴、左左、右右

小学 VS 幼儿园

导演：你觉得做小学生跟你以前上幼儿园有什么不同？
左左：有，饭菜难吃一点儿。
左左：好难吃啊，能退学费吗？
崔佳豆：都很开心。

由左至右为左左、崔佳豆

由左至右，由上至下为宋泽昊、子尧、丁一荞、荃荃

宋泽昊：就是幼儿园是比较好玩儿的，在小学就开始正式学习了。

子尧：幼儿园有玩具。

丁一荞：幼儿园的时候，都是要睡觉的，我们现在都不用睡觉。

导演：开学第一天你紧张吗？

荃荃：开学第一天的前天我就很紧张了。

丁一荞：上了两天以后我就不再紧张了，我就觉得已经没什么事儿了，可以大胆了。

我快被妈妈搞"疯"了

回到家,乖巧的郭雨晴就彻底放飞自我了。老师布置的口语练习的作业,她三下五除二就应付了过去。

郭雨晴外婆:读一下呀。

郭雨晴:我叫什么名字;你好,你好,你好;我是什么东西;嘿、嘿、嘿。

郭雨晴外婆:就这样?好啦?

郭雨晴:对啊。

导演:作业是要写的还是只是读就可以?

郭雨晴:不用写的。

导演:哦,口头的。

郭雨晴:所以我前面已经读过了,就代表我这个作业已经做好了。

这两天妈妈不在家,外公、外婆根本管不住她,外公只能嘴上吓唬吓唬她:"等你爸妈回来了,看你怎么办。"

趁着爸爸、妈妈不在家,郭雨晴开始惟妙惟肖地模仿平日里妈妈对自己的各种要求和管教。

"来,做这个作业!"

"来,弹钢琴!"

"来,只休息五分钟!"

"好,再来做作业!"

"我都要被她搞疯掉了!"

一物降一物,妈妈回来了。

郭雨晴:找不到了。
郭雨晴妈妈:找不到怎么办?
郭雨晴:明天再跟老师说一声。
郭雨晴妈妈:把所有东西翻出来找。你把这个拿出来干吗,笔里能变出你的英语作业来?你的英语作业放在哪里,记不住的吗?

郭雨晴因为自己的丢三落四被妈妈数落着,即便心里有点儿小小的不服气,也只能乖乖听训。

平日里,妈妈也会辅导郭雨晴的钢琴课,哪个音该加强,哪部分应该强弱有序,妈妈总是信手拈来。

郭雨晴：我弹钢琴若是错了好几遍，你可以说，如果你把这首曲子连弹三遍都是对的，我就给你吃一板巧克力。

郭雨晴妈妈：你现在去连弹三遍对的，我给你吃一板巧克力。你去吧，去呀。

练琴途中郭雨晴总是变着花样地和妈妈讨价还价，妄图能少练一会儿或者从中获得一些小小的奖励。其实对此妈妈非常理解："我小时候学琴的时候也在想，我妈干吗要叫我学琴？我为什么要学琴？人家在玩，我妈让我学琴，我才不要学琴。以后若是我自己有小孩儿，我肯定不会让她学琴的。现在我哥经常笑我，他说你小时候不是不要弹琴的吗？现在干吗逼她逼得那么紧。我现在反倒觉得，我妈小时候为什么不把我逼得再紧一点儿，如果再弹得好一点儿，或许我现在就可以有一技之长了。"

天下父母心。

童言无忌

导演：你在学校有没有最好的朋友？

小柚子：有的。

导演：是谁呀？

小柚子：曹66。

导演：为什么跟她是好朋友呢？

小柚子：因为她叫"曹66"呀。

导演：小柚子说他跟你是最好的朋友，那你最好的朋友是谁呀？

曹66：大宝。

导演：你在学校里，班上有没有最不喜欢的小朋友？

桉桉：没有，都喜欢的。

导演：那种很调皮的小朋友你也喜欢吗？

桉桉：嗯。

导演：为什么呢？

桉桉：因为我自己就很调皮。

由左至右为小柚子、曹66、桉桉

由左至右,由上至下为任无咎、玥玥、曹66、黄梓桐、荃荃、丁一养

我的小小梦想

导演：你以后长大了想干什么？

任无咎：就是离开小班，到中班、大班去。

玥玥：我长大了要做消防员。

曹66：可以到办公室去工作。

黄梓桐：想做解放军。

荃荃：我想找出未解之谜。恐龙灭绝，我们从发现恐龙骨架的那一天就在研究。我喜欢灭绝的东西。

丁一荞：就当一个普普通通的爸爸。

导演：为什么？

丁一荞：因为我觉得爸爸很辛苦，当其他的也很辛苦。当爸爸在家可以带着一些贵重的东西，保护家庭、挣钱。就这些，我觉得很好。

慢慢地，幼儿园的小朋友们不再每天哭哭啼啼，可以自己好好吃饭、好好睡午觉；左左当上了小组长，他已经不太在意自己得了几个小星星了；郭雨晴也美美地去参加了钢琴考试……

生活就像一条溪流，身在其中时，你总是很难去察觉到其中变化的力量。孩子们总是在不经意间，就这样长大了。

童年，是什么？

导演：你知不知道什么叫童年？

任无咎：就是像现在一样的，上幼儿园一样的生活。

小柚子：就是过年了。

蔡圆圆：我听过这个童年，我知道是什么意思，但我又说不出来，这到底是什么意思。

崔佳豆：童年我只理解一部分，童年就是，比如说一个人长大了以后，然后回想小时候。

郭雨晴：我说三句吧，给你点儿提示。有一句是，隔壁班的女孩儿从来没有经过我的窗前；另一句是，睡觉前才发现自己的作业才写了一点点；还有一句就是，考完试才知道，该念的书没有念。

长大的时间远比我们想象的要快,成长的路上也总不会一直顺遂。

但是此刻,祝你们都能实现自己的小小梦想,快乐地长大吧,孩子们。

**心中的小梦想,
一年一年在成长。**
The little dream in my heart grows bigger year by year.

导演**施筱青**手记

开学了，
可我不想长大

　　上海的绵绵细雨之中，迎来了开学季。9月2日开学第一天，《上学》正式开机了。幼儿园里毫无意外地上演着一幕幕"妈妈不要离开我"的催泪大戏；小学门口，一个个背着大书包的孩子在父母的注视下渐行渐远。离开父母的怀抱，独自面对陌生环境，对于每一个孩子而言，都是不可逾越的"人生第一次"。

　　在幼儿园拍摄时，我切身感受到了什么是分离焦虑：无论孩子还是大人，他们都不同程度地焦虑着。幼儿园有固定的作息表，什么时候入园、上课，什么时候喝水、吃饭、睡觉，这些和孩子在家的时间安排都不一样；一个班3个老师同时照顾25个孩子，和家里三四个大人围着一个孩子的感觉也截然不同。学校里每个情景的切换对他们而言都是考验，需要花费很长时间去适应。孩子们哭得撕心裂肺，我和摄制组也看得揪心不已。

　　教室外，也有很多大人放不下心、迈不开腿，他们有停留在教室走廊里、扒在窗户上往教室里看的，有悄悄抹眼泪的……这些场景毫不夸张，让镜头旁的我不由得想起送自家 3 岁多的娃第一天去早教机构的那个上午。收到老师发来的信息，得知小朋友因为哭闹呕吐了，我毫不犹豫地冲去学校把他接了回来。其实作为家长，也是经历第一次送娃上学后，才慢慢体会出该以怎样的心情"放手"。毕竟无论如何，孩子总要成长。

刚开学，幼儿园的老师会建立班级微信群，或通过私信联络的方式，把孩子们在幼儿园的照片、视频发送给家长，必要时采取递送温馨提示卡片等方法帮助家长消除分离焦虑——找到第一天上学的正确打开方式，是家长和孩子都要认真做的功课。

在小学蹲守拍摄的第一周，我比较紧张，因为不清楚孩子们每天在上课和下课中度过的规律性日程中是不是有故事，所以不敢放掉任何细节，所幸我的担忧是多余的。不同个性的孩子，在融入集体的过程中，总会有这样那样的情况发生，他们解决问题的方法也不尽相同，这又是这个群体与其他年龄层群体不一样的一面。

刚入学，郭雨晴的"生存"能力很强。课间，她笑呵呵地去讲台拿杯子，给老师倒水；她喜欢折纸，会把前一晚在家折好的各色莲花带到学校送给老师和同学们；每天早上我们摄制组一到，她就蹦蹦跳跳地跑来和镜头打招呼。

开学初，老师时常提醒同学们整理课桌，养成良好的学习习惯，而这并不是郭雨晴的强项。有一次老师检查时，发现郭雨晴的抽屉有些凌乱，但这时摄制组正在不远处跟拍另一位同学，等我们拍完后将镜头对准郭雨晴同学的抽屉时，里面已经焕然一新，被她收纳得井井有条了。一个人生存能力的高低，不光看他如何融入群体，还要看他在遇到困境时如何化解。

节目播出后，网友们纷纷回忆过去自己上学时的一幕幕。印象中比较深刻的留言说："我觉得用'焦虑'这个词有点儿严重。黏家长的小孩儿第一次离开家长，不理解自己在一个陌生的地方要干什么、要待多久，他哭闹很正常。"还有人告诉我："孩子们有时候比我们想象中更好。不只是外观上的软糯可爱，更是内心的大无畏。"看完我内心感动且知足，因为观众看到了故事的底色。他们不光自己体会到了，并希望告诉大家：人的一生是漫长的，而童年是一生中最快乐的时光，孩子们不光自己无忧无虑，还带给身边的人甚至是荧屏前的你欢乐。

纪录片中，除了几位主人公引起了热烈讨论之外，还有不少被采访的孩子只用一两句话就引来了满屏弹幕："蛋炒饭宝宝"张乐衡秀了一把厨艺，在爸爸妈妈的帮助下亲自下厨炒了一盘蛋炒饭；双胞胎左左、右右两兄弟的学习越来越不用大人操心，跟拍结束后，有一次我回到杨浦小学补拍一些宣传镜头，右右一看见我就拿着作业本激动地跑来告诉我作业拿到了双优。

"什么叫双优呢？"

"就是一个五角星之外再加一个'优'。"

纪录片播出后不久，因为疫情的原因，学校开始了漫长的寒假。时间变缓慢了，昨天与今天似乎瞬间变成了两个划过边界的世界。上了小学的孩子感觉好像又穿梭回到了小时候，那时有爸爸妈妈长时间的陪伴。

郭雨晴写下一首诗：

我的家

我的家,它不大,
却很温馨。

你看,爸爸在忙着工作;
你看,妈妈在收拾家务;
你看,弟弟在调皮捣蛋;
你看,我在认真弹钢琴。

我的家,它不大,
却很漂亮。

你看,爸爸种的花多美啊;
你看,妈妈收藏的玩偶多可爱啊;
你看,弟弟的小车排列得多整齐啊;
你看,我的画多五彩缤纷啊。

这就是我的家,
我爱我的家。

通过视频,她告诉我:"纪录片播出后,我很自豪,因为我能够出现在屏幕上,被这么多不认识的人了解到。"印象中这个热情开朗的女孩儿的内心小世界也正悄悄变大呢。

在拍摄前,我原本认为《上学》这个选题是偏严肃的;后来越来越发现,镜头中的这些孩子,我们与其正面严肃讨论教育的本质或是"起跑线的问题",倒不如停下脚步耐心地看看他们——孩子身上有一种"啥都不是事儿"的气质迎面而来。

Love, Sorrow and Dream in poems. 会写诗的孩子不砸玻璃。①

① 来自公益组织"是光诗歌"slogan。

长大

第三篇章

本集导演：孙功旭

故事讲述人：王耀庆

『我在爸妈看不到的地方偷偷长大。』[1]

I am without Mom and Dad by my side growing up.

[1] 摘自王佳玉（怀远县龙翔小学）诗歌作品《偷偷长大》。

在高考的语文试卷上,许多作文题目里,有这样一句话:文体不限,诗歌除外。

或许,诗歌很难改变一个人的命运。
然而,在中国偏远的山区,一些乡村学校却尝试着将诗歌课作为必修课。

河里的心事

我把心事扔进河里。
心事越来越多,
河里的石头也就越来越多。

—— 钮雅涵　怀远县龙翔小学

第三篇章·长大

漭水中学①的校长于春云说:"我们很多老师都怀疑,这个诗歌课,对于教学没有什么帮助,考试也不加分,那么这个诗歌课还有什么意义?"

这里的孩子懂事早,就连爸妈离开他们,去遥远的地方打工,他们都不会哭,也不会闹。这样的孩子太安静了,就像后山里奔腾的瀑布,突然,就没有了声响。

在这里,父母们为了生计离开大山,孩子们却用另外一种方式回应着这片土地。

---

①漭水中学是第一所开展"是光诗歌"课程的乡村学校。

云南省泸水镇明华村

施应锁,12岁,家住泸水镇明华村水拉河。
一家六口,最贵的财产,是山腰的这间房子,以及一头牛。

小锁最好的朋友,就是这头牛。
明天,他就要去镇上读初中了。
因为山路远,12岁的小锁只能住校。
集体生活是一种什么生活,一个人放牛的他,完全没有概念。
泸水中学有三个年级,811名学生。小锁个头儿最小,也不爱说话。
很快,学校的秋日活动课要来了。老师希望大家可以用眼睛、耳朵、鼻子、手,去捕捉自己家乡大自然的美好。而这次诗歌户外采风,将是小锁人生第一次接触诗歌。

"其实要写好一首小诗,非常简单,大家手中拿着的叶子,把它卷成这样一个小孔,像一个镜头一样,然后聚焦它,透过云层,透过大山,看到了什么?倾听你自己心里最真实的声音。"
大家满心欢喜、沉浸其中,渐渐地,有同学开始分享自己的诗歌。

第三篇章·长大

路

我从云里看到了那条幽密的小径，
远处青山含黛，枯蝶簌簌，
暮归老人，赶着牛羊，满脸希望。
我的影子映在小路上，
不再孤单，没有愁容。
身边三两好友，
可又有谁知道，
这条路的过往？

——穆晓萍

仲夏

她忽冷忽热，
仿佛在和你赌气。
你希望炎热的时候，
她下起了小雨。
她不是针对你，
她只是在哭泣。
请原谅她偶尔的小情绪。

——李坤富

直到采风结束，小锁也没有写出他的第一首诗。

家里不通大巴车，坐完大巴，想回家，还要走山路。和小锁同村的伙伴都在山的另一边。

小锁一回家，就领着小牛出门了。

上完诗歌课，这一次走进大山，有点儿不一样。

小锁心头的锁，一点点被打开了。

他写出了人生的第一首诗歌。不过，他并没有读给自己的阿爸。

对于诗歌,这里的大人们,除了支持和反对,更多的,是无所谓。

因为,无论是在家务农,还是在外地打工,他们并没有太多的时间来陪伴自己的孩子。

漭水中学的 811 个孩子,只有一半能够考上高中。

越来越多的人意识到,那些考上高中,进而走出大山的孩子,很少会回来了。而这些留在漭水的孩子,才是这里未来的主人。

"很多学生,种茶、干农活儿、去外地打工,他们所面对的未来就是这些。"

穆庆云,12 岁,施应锁的同班同学。

她的父亲早年去世,剩下母女三人孤苦无依。

母亲常年在广州的工厂打工,一个月薪水 4000 元,过年了也不回来;姐姐上了大学,在楚雄,读的是免费的师范。

而小云留在漭水读初中,早早地就开始了一个人的生活。

第三篇章·长大

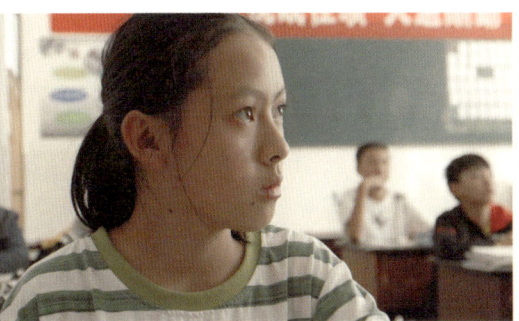 

穆庆云

  康瑜老师（公益组织"是光诗歌"①创始人）：我们今天聊一个比较特别的话题，叫作"十年之后的你，会成为什么样的爸爸或者妈妈？"大家可以先想，十年之后，你会有一个孩子，可能你今天看过的云，在十年之后仍然会飘过他的头顶；今天你背后的天堂山，十年之后他可能也会过来写诗。那你想要教给你的孩子一个什么样的道理？大家可以陆陆续续地把它写下来。

---

①公益组织"是光诗歌"，是国内首家且规模最大的乡村诗歌公益机构，2016年10月开始服务于全国范围内的乡村儿童。通过为三至八年级乡村当地教师提供系统诗歌课程和培训，解决乡村孩子缺乏情感表达和心灵关注的问题。截至2020年9月，"是光诗歌"已服务包含云南、贵州、广西等24个省份的乡村中小学1000余所，100,000余名孩子有了人生的第一堂诗歌课。

黄亚男：我叫黄亚男，来自漭水镇漭水村。我希望做一个理解孩子的妈妈。我希望让孩子成为一个开心快乐的人，像火苗一样快燃尽了，也要最后再灿烂一次。

穆庆云：我叫穆庆云，来自漭水镇河尾村。十年后，我希望做一个自私的妈妈，我会教我的孩子，把自己的爱留给自己的孩子。

康瑜老师：这是老师听到的特别想要鼓掌的答案。你可以给大家讲一下为什么想做一个自私的妈妈吗？

穆庆云：因为我觉得，妈妈把太多的爱留给了姐姐。

康瑜老师：你希望妈妈可以把爱留给你？

穆庆云：是。

康瑜老师：你希望你的孩子以后可以自己多爱自己一点儿？

穆庆云：是的。

康瑜老师：想要做一个自私的妈妈是一个非常棒的答案，谢谢你。

李坤富：我叫李坤富，我来自漭水镇沿江村！十年后我想做一个像大海一样的爸爸，让儿女坐在我背上，像一条小船一样，有时对儿女吹一场台风，有时对儿女风平浪静，让他们知道，人生不是一直都是风平浪静的！

康瑜老师：好，谢谢李坤富。你看你说话那么大声，这个时候山会记得，星星会记得。十年之后我们看看你是不是成为了像大海一样的爸爸。谢谢你，特别好。

康瑜老师和孩子们

  康瑜老师：老师做一个小调查，如果以后再遇到像这样满天都是星星，或者在寒夜里点起一把火的时候，你会不会也带你的孩子写诗？

  孩子们：会。

  康瑜老师：如果会的话，请举起你的右手。

  孩子们：（纷纷举起右手）

  康瑜老师：如果有一天，你找不到火苗，也没有用来取火的木头，你会不会也试着带着你的孩子去寻找生活里的乐趣，带他写一首可以取暖的小诗？

  孩子们：会。

  康瑜老师：如果会的话，刚刚举起的右手不要放下来，举起你的左手。

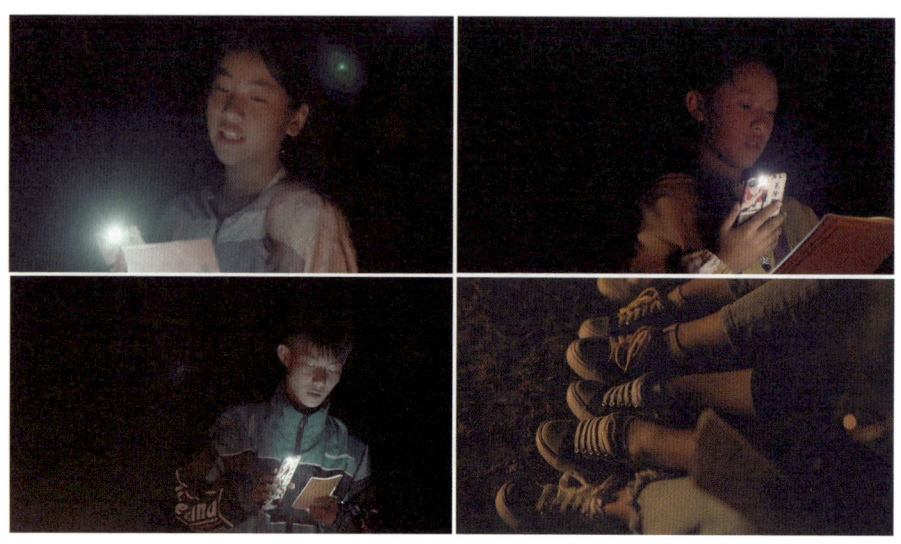

由左至右,由上至下为黄亚男、穆庆云、李坤富

孩子们:(纷纷举起左手)

康瑜老师:好,接下来,闭上你的眼睛,慢慢地伸开手,去拥抱一下十年之后的那一个爸爸或妈妈——他可能是胖的、瘦的,他可能一直在微笑。因为我们刚刚说,他要教会他的孩子,不管在什么状态里面,都要成为笑得最灿烂的那一个。贫穷,富有,是不是会考满分,跑步快不快……其实在你刚刚十年之后的诗里面已经有了答案。

孩子们:(缓缓抱住自己)

康瑜老师:好,接下来我们把双手慢慢往回收,现在我们抱住小小的自己。可能现在的我们,没有理想中的爸爸、妈妈的陪伴,有的爸爸可能很严厉,打你骂你,但是你要知道,所有的心情和情绪,都可以写成一首夜空下的诗。

人生中的第一首诗歌,小云迫不及待地想与妈妈分享。
她拨通了妈妈的视频电话。

小云:妈,你吃饭了吗?
妈妈:吃了。
小云:你们那边下雨吗?
妈妈:下啊,怎么啦?
小云:妈,我给你读一下我写的第一首诗歌。

孩子[①]

小鸟是大鸟的孩子,
白云是蓝天的孩子,
路灯是黑夜的孩子。
母亲去广东的时候,
我把我的鞋放在母亲的鞋旁边。
因为,
我是母亲的孩子。

---

① 在当地,"孩子"的发音与"鞋子"类同。

小云：读完了。

（长久的沉默）

妈妈：女儿，真的对不起。你原谅妈妈好吗？

小云：妈，我可不可以每个星期都给你读一首诗？

妈妈：好。

原本安静的孩子，通过诗歌，找到了情感表达的密码。

乡村里的诗歌实验还在继续，校长委托公益组织，从北京请来了壁画艺术家，要把孩子们的诗，画到墙上去。

坐在山头上，康瑜老师说："其实诗歌并不能够改变很多，比如，不能够让他们的家从很远的深山里搬到镇子上；也不能够让他们的父母都陪在孩子的身边。诗歌更像是一个翻译器，当这些孩子有感情的时候，他就能够通过诗歌表达出来。希望外面的人也能够看到这群孩子，他们是在闪光的，不只是那个负面的标签，他们也有美好的地方。他们，是光。"

校长说："哪有学校不想提高升学率的呢？"

考大学不考诗歌。但是，学了诗歌的孩子，不会去砸玻璃。

文那 艺术家

诗歌是什么？

我觉得诗歌就像一个垃圾桶。
我觉得诗歌就像桥梁一样。
诗歌像一棵树。
诗歌是一封信。
它可以载着我去很多我看不到的地方。
我可以把我的情感都寄托在里面。
在我悲伤难过时，所有的情绪，都能把它写进诗里。
它像万物。
……

做一个最好的你（节选）

如果你不能成为山顶的高松,
那就要当棵山谷的小树,
但要当棵溪边最好的小树。
如果你不能是一只香獐,
那就当尾小鲈鱼,
但要当湖里最活泼的小鲈鱼。
这里有许多事让我们去做,
有大事、有小事,
但最重要的是我们身边的事。

——道格拉斯·马拉赫

确实,诗歌改变不了一个人的命运。
但它有可能,改变一个人。

第三篇章·长大

会写诗的孩子不砸玻璃。
They used to crack,now they create.

[注] 文内诗歌《路》《仲夏》《孩子》来自公益组织"是光诗歌",《河里的心事》与《偷偷长大》来自中国银联诗歌 POS 机公益行动和上海华场联众公益基金会,均已获得授权。

导演**孙功旭**手记

诗歌的力量

　　镜头就像聚光灯，摄人心魄。在很多成年人被多个维度的滤镜扭曲了真实色彩的时候，孩童一定是最坦率的那一个。

　　《长大》这集是 2019 年 9 月在云南开始拍摄的。刚去的时候，水土不服和天气不配合其实都是小事儿，最主要的，是不知道怎么下手去拍。

　　拍摄前几天，除了一些山山水水的空镜之外，基本没有进展——这个年龄阶段的孩子不像成人，你越要他们自然，他们不自觉地会越拘谨。

　　就像我跟小锁说放松、别紧张，可他已经蒙了，不知道自己在镜头面前应该怎么放松，反而失去了真实的色彩，这都是拍摄者带进去的影响。

　　我心里急得上火，在和总导演秦博沟通的过程中，我一直记得一句话。他说："这些娃娃多大的事都憋着，就像闷雷一样，你不走进去不行。"

小锁，他一开始是比较木讷的，少言寡语。他所在的班级是全校最小的初一，而他又是班级里最矮小的学生。但是一回到家里，他就是妹妹的大哥哥，这种反差让我惊讶于小孩子的丰富性。回想自己的小学、初中，其实也是有很多切面的人，这让我思考了很多。

他们双眼所见，是怎样的世界？

后来，我决定牺牲一些拍摄时间，花了不少时间和孩子们打成一片，给予倾听、了解、关注，最终孩子们面对镜头不再怯懦。很感谢漭水的孩子们愿意对我敞开心扉，但对于拍摄来说，这是一件很有风险的事。

私底下的小锁憨厚到有些懦弱，最好的朋友是家里的小黄牛。但这种乡土味的成长环境并没有让他变得木讷，反而激发了共情能力。印象最深的是他写诗的时候，在反复斟酌后，他把"染黄了阿爹的苞谷"放在第一句——隐晦的情感表达也盖不住他内心的火热。他最爱和妹妹一起遛弯，最喜欢的科目是英语，会主动提出不要手机，想考个好高中，爱吃肉但是经常让给妹妹和奶奶……他是那么热爱自己周围的一切。

小云非常懂事，懂事到让我们心疼。每次跟她聊天，她眼睛里闪烁的对外面世界充满渴望的光芒真的盖不住。我们很难想象，在这双清澈的双眼下，掩盖了多少孤独的夜。在这种时候，我往往对移动互联网加倍感激，它拉近了空间距离，减少了情感传递的成本，让小云能在想妈妈的时候，不仅是只能盯着山边的夕阳。

但我更感谢诗歌。我感谢它，让小云突破了内心那道表达的高墙。

面对生活,即便没有了手机和互联网,我们依然可以说、唱、跑、跳,也可以写诗。灼热或冰冽,九霄的羽毛与尘间的青泥,桌边的饭碗和床下的小鞋……世间种种,皆成诗篇。

而对于小云来说,最富有诗意的,就是远方的妈妈。夜半灯旁,当小云举起手机,给妈妈读着"母亲去广东的时候,我把我的鞋放在母亲的鞋旁边",我着实按捺不住激动,剪辑老师回看素材时,也几度落泪。

有很多东西可以打破隔阂,但孩童的诗歌,可能是最有力量的那个。

在那片蓝天白云之地,还有很多很多的小诗人,因为片子时长的原因无法一一展现,但他们就在那里,这也是为什么我要用孩子们真实的声音和笔迹来展示——我希望能用这种方式拉近观众与孩子们的距离。这世上还有很多的小云、小锁,他们并不只是活在报道和电视的标签中,并不只是"留守""贫困"的代名词,他们有那么多的闪光点,需要的不仅仅是捐钱捐物,更是关注的目光、情感的共鸣。

而我们恰恰是如此有幸,能目睹、见证他们在世间破壳而出,蹒跚长大。

考大学不考诗歌,但我见过木讷的孩子大声对着山喊出自己的诗,也见过心事重重的孩子通过诗歌对妈妈表达"我想你"。

诗歌,确实可以改变一个人。

前几日和小锁还有小云视频。小锁胖了些,家里的小牛因为生计被卖掉了，添置了新的小牛，妹妹长高了许多，笑起来甜甜的酒窝还是很可爱；小云因为疫情，得以和妈妈、姐姐短暂团聚，在庭院前，一起看那幅母女三人的画，还心心念念说着期中考试一定要考好。

他们也在我看不到的地方，偷偷长大了不少，真为他们高兴啊。

回到《长大》片中的那个问题：十年之后你会是什么样呢？你会成长为怎样的人呢？

这个问题在我看来不仅仅是问给孩子们的，也是问给我们每一个人的。

每个人的成长经历就像一条长长的河流，而每一个"第一次"就是露出河面的石头，我们踮着脚尖，摸一块石头挪一个地方，这条河或平静或汹涌，回首看，皆是我们成长的印记。

这条河流或许没有惊涛骇浪，但暗流涌动，有喜悦，有危机。我们是如此有幸，在这条河流里，迎接洗礼，一起长大。

诗歌是种子，
一切从这里发芽

故事讲述人：王耀庆

摄影：温璐

录音的时候，那些诗歌，我录了一遍又一遍，总担心不能将孩子们满腔的浪漫表达出来。

一首首听下来，惊叹于他们的创作力和天马行空的想象，早已日常的万物似乎在一瞬间变得色彩斑斓起来。

我总是对饱含情感的诗歌和信件情有独钟。

对我来说，这一切，就像是心里打开了一扇窗，可以看到一片不一样的风景。人同此心，心同此理。

5岁的时候，爷爷带我去儿童医院打针。爷爷跟我说："你看，大家都在哭，很丢脸。你如果不哭的话，我给你五元钱。"

我说："好！"

一针扎下去的时候，我就开始"哈哈哈哈"地笑，整个诊疗室里面突然就安静下来。五秒钟、十秒钟之后，有一个妈妈指着我说："你看，人家都不哭，你丢不丢脸？"

爷爷觉得特别骄傲，回家之后给了我五十元钱。

那是我人生第一次，因为表演而获得酬劳。

我想，孩子跟成年人的差别在于，心中到底还揣着多少不切实际但又充满勇气的梦想。孩子满心欢喜，对万物充满期待；而我们，很多时候却早已忘记了最朴实的情感。

或许，诗歌没有办法改变我们的命运，但它绝对是可以改变一个人的。诗歌将远山的风和夜里的篝火烙印在孩子心里；诗歌让山林间无声的瀑布重新奔涌；诗歌让这群习惯了沉默的孩子，发出了星星都会记得的声音。

这些诗，像种子，埋进孩子的心里，等待着春的到来。

一切，从这里发芽。

扶贫先扶智，
教育当先行

2020年是我国全面建成小康社会的收官之年，成果喜人。

但是，正如习近平总书记在2020年3月6日出席决战决胜脱贫攻坚座谈会上的重要讲话中指出的那样——"脱贫攻坚战不是轻轻松松一冲锋就能打赢的。"尤其是教育扶贫，将面临新的任务和挑战。

2008年据全国妇联数据统计显示，全国留守儿童约有5800万余人；2018年据民政部数据统计显示，全国留守儿童约有697万余人。经过十年的努力，全国留守儿童减少了5103万，但697万这个数字对于中国教育来说，仍是一件不可放松的大事。

现如今，大部分留守儿童集中在中西部欠发达地区，这些留守儿童的生活现状在"精准扶贫"战略方针的指导下，有了明显改善：村里、镇里的学校不再是"泥瓦房"，课桌不再是"硬木头"，校园里建起了电脑教室，村里盖起了爱心书屋……

当硬件配套设施跟上了教育水平线的时候，留守儿童的精神教育就显得尤为重要。以纪录片中云南省保山市潞水中学为例——这里的老师大多是本地教师,师资力量的上限不高,对于教育扶贫有心无力。教学水平是提上去了,但课堂还是那个课堂,如果没有合适的窗口来切入学生的内心表达,那么就无法真正实现"教育使人格完善、使社会进步、使国家民族富强"的终极目标。

而在升学率普遍偏低的农村,每年只有约一半的学生能顺利地考上高中,那么剩下的孩子呢?大多是进城务工、留乡务农。而这些留下来的孩子,才是大山真正的主人——他们将深切地影响当地下一代的教育。

扶贫先扶智,教育当先行。

诗歌作为一种文学形式,不仅让"以人为本"的教育理念得到了更深的贯彻,也在这些山里孩子的心中留下了不可替代的位置——觉得寂寞了、被冷落了,对着大山写首诗,传递对远方亲人的思念——这是一种与硬件条件互补互足的内心表达。

正如纪录片中所说:"会写诗的孩子不砸玻璃。"优质教育扶贫一定是一项赋能的行动,诗歌课不仅让孩子们插上了想象的翅膀,也转变了当地教师的教育观念,提升了专业能力,激发了教育热情和活力。

那些没有走出大山的孩子,也会因为优质精神教育的熏陶而更加重视下一代的教育,从而形成学校、教师、学生、家长的辐射带动效应循环——一首小诗,确实能改变一个人。

空降兵的降,不仅意味着降落,也意味着降伏困难,决不投降。

当兵

第四篇章

本集导演：张怡

故事讲述人：秦博

「人类最强大的武器，不是核武器，而是豁出一切的勇气。」

The greatest weapons of mankind are not nuclear weapons, but the courage to risk everything you have.

征兵·入伍

每年,中国都会有很多年轻人,离开家乡,入伍当兵。

众多新兵中,有一个小伙子看起来心事重重。
他叫张书豪,因为家里人不同意他当兵,他就自己偷拿了家里的户口簿,办完了所有应征手续。

征兵士官:张书豪!
张书豪:到!
征兵士官:(当兵)是家里面让的,还是自己个人意愿?
张书豪:个人。家里不太同意我当兵。
征兵士官:现在还可以后悔的。
张书豪:我是自愿的,人生规划中就有当兵这一步。

分别在即,这意味着年轻的情侣将分隔异地两年。徐龙和女友像很多入伍离别前的小情侣一样,难舍难分。

2019年9月10日 长春火车站 送别新兵

张书豪

第四篇章·当兵

征兵士官：徐龙！

徐龙：到！

征兵士官：你有什么特长？

徐龙：长跑。

征兵士官：拿过几个名次啊？

徐龙：拿过许多名次。

与张书豪不同，徐龙当兵的原因很直接："本来就是穷人家出来的孩子，为家里减轻点儿负担。"

目的不同，但回答，同样坚决。

徐龙告别了女友，张书豪告别了家人。

他们登上同一趟列车，去往同一个地方。

多年以后，当他们再次相聚，一定会想起自己当年坐着这趟火车去参军后的日子。那段时光犹如被摁了快进键，他们经历了常人难以想象的挑战。

但此刻，他们还一无所知。

徐龙和女友

徐龙拿过的奖牌

初入军营

两千公里。
三十三小时。
凌晨四点。
军旅生涯的第一站到了。

部队里的第一顿饭，令人过目难忘，入口更难咽。

王志明（空降兵部队某旅新兵教导员）：我们空降兵的前身中国人民志愿军第十五军，在抗美援朝上甘岭战役过程中，他们把布满三百八十一个弹孔的战旗插上了上甘岭的主峰。大家刚才吃的冻土豆和炒面粉，就是当时我们最好的粮食补给。

继承中国空军精神，从第一餐开始。
吃完作为新兵的第一口饭，做完自我介绍，迎接大家的，是严格的内务整理。
"将被子平展开，分成三等份，下压，向外排气。叠被的标准为平四方、侧八角。开始练习，到位！"

除了"豆腐块"的军营标配，兵味儿的点滴养成，还要远离手机，从头抓起。
初入军营，营地为即将过生日的新兵们过了个集体生日。大屏幕上播放着新兵家人来自远方的祝福。男儿有泪不轻弹，但是面对此情此景，张书豪难以自抑："我妈自己把我养大的，现在她就自

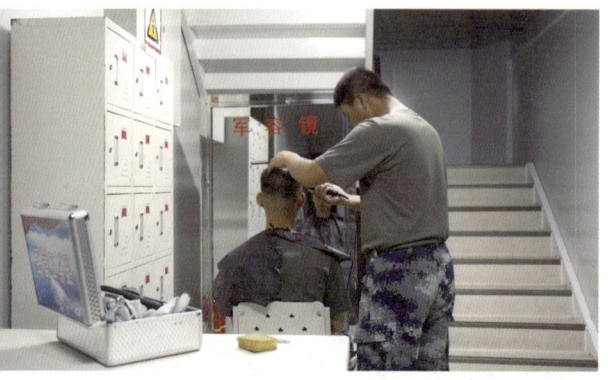

班长在给大家分发手机

己在家。她不让我来当兵,我自己非要来。"

好在军营里有机会让新兵拿出手机与家人视频。

徐龙:我太想你了,给我发手机了,我是不是黑了?

徐龙女友:嗯。

徐龙:瞅你的大胖脸,脖子收一收。

张书豪母亲:咋了儿子?你是不是受委屈了?

张书豪:没受委屈,就从小你把我养这么大,我还总不陪你。

张书豪母亲:我儿子长大了还不得出去飞去?妈就得把自己照顾好了,不能拖累我儿子。

张书豪:你跟叔叔好好的。

张书豪母亲:叔叔对妈好,做饭、洗衣服、干活儿,妈啥都不干。

张书豪:你也跟叔叔说一声,这两年叔叔对我也挺好的,我原先不应该那样对他。

张书豪母亲:他拿你当小孩儿,他能跟你一样吗,他挺开心的。

和女友视频的徐龙

和妈妈视频的张书豪

视频结束,新兵不禁向老兵"求教"。

张书豪:班长,你刚来的时候不想家吗?
班长:我想家啊,躲在被窝儿里默默流泪很多次,不哭给别人看。
张书豪:我憋不住,我也不想哭。我和我妈最穷的时候,我住校,然后我妈一个人养我。我不回去,她就在家吃泡面;我一回去,她就给我做好吃的。后来可能实在养不起我了,就给我找了个叔叔,我是这么想的。可我还不听话。
班长:来了,咱们就好好搞。加油!
张书豪:班长你放心,我哭是哭了,但是绝对没有问题,我指定行!

进了军营,从今往后,他们的人生会经历很多的第一次:第一次吃饭前扯着嗓子喊军歌;第一次在训练中咬牙不放弃;第一次躲在被子里偷偷抹眼泪,倔强地说我不想家。

但这一切,都将成为镌刻在他们记忆中的宝贵经历。

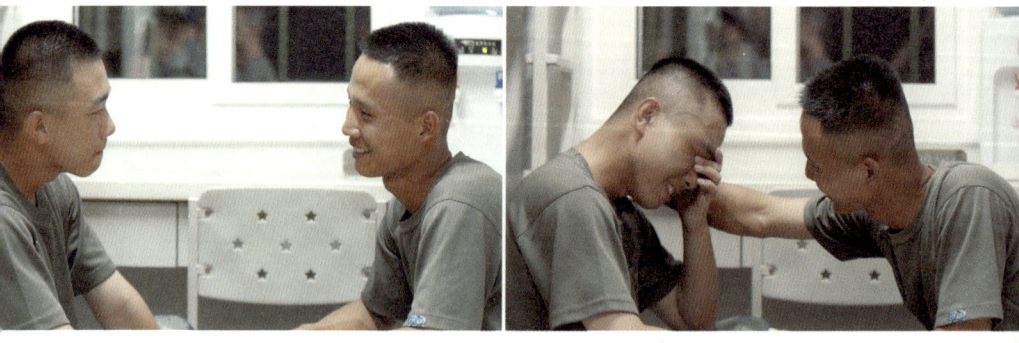

新兵训练

新兵的第一步,都是从齐步跑步、摸摸被褥开始的。

但除了常规训练,空降兵还要练腿。因为腿就是他们的起落架。

士官:空降兵都是铁腿!铁腿是怎么来的?就是我们这样,一步一步、一点儿一点儿地积累起来的!

从千米高空纵身一跃,想想都激动,但一切还是要从脚下练起。跳伞对白纸一张的新兵来说,就像把大象塞进冰箱,无从想象。

理论上,把大象塞进冰箱分为三步:打开冰箱,塞入大象,关上冰箱。跳伞也分三步:离开飞机,在空中,着陆。

看似简单一跳,却藏着细节的魔鬼。

人生第一次　　　　　　　　　　　　The Firsts in life

离机训练

离机训练，就是模拟飞机上的场景。

弯腰、含胸、收腹、屈膝、跳下，每一个动作都要练习上万次。"离地三尺无小事"，高强度的地面动作训练就是为了形成膝跳反射般的肌肉记忆。

士官：声音数大点儿，跳！

士兵：0.01 秒、0.02 秒、0.03 秒、0.04 秒、0.05 秒！

士官：你怎么是 0.01 秒呢？哪儿来的点呢？0001 秒！0002 秒！一直数到 0006 秒打开备份伞！三个零不能少，稍作停顿、数两秒！

士官：跳！

从千米高空到地面，伞兵的生命只有 19 秒。如果踏出机门后 5 秒，主伞仍未打开，伞兵就需要手动打开胸前的备份伞。

而跳平台、吊环训练的就是伞兵的瞬间着陆动作：跳平台，是为了锻炼伞兵落地时对腿部巨大冲击的承受能力；吊环，则是练习伞兵高空着陆的规范姿态。

空降兵有句话：三肿三消，才上云霄。

意思便是腿要跳肿很多次，才能完成人生第一跳。

离机考核

离跳伞的日子越来越近,考核也越来越密集。
一项不合格,就上不了飞机。

五分,意味着优秀。
四分,意味着及格。
三分,意味着连长的脸是黑的。

闫磊(空降兵部队某旅新兵连连长):人家是双标兵,你俩是双不过,你俩是这个(比了个"棒"的手势)。

平时训练能过,但今天考核却不过,这是最让他恼火的。考核结束,闫磊立刻就地给新兵开了个会。

闫磊:有一个小小不满意的地方——我们的士气和精神状态不够昂扬。你们记着,一个战士的姿态,不是靠别人给你鼓劲,不是靠别人给你吹捧！一个战士要时时刻刻地保持那种昂扬、冲锋的状态！你们想想，我们现在有没有这个状态？

士兵：有！

闫磊：又在那儿吹！有没有？

士兵：有！

闫磊：这是你们说的，我可没逼大家！我这个人喜欢实际行动，不喜欢嘴上的功夫。嘴上的功夫那叫吹，手上的功夫那叫本事。军人是靠什么吃饭的？靠本事！怕，谁不怕？现在你让我一个人站在那上面往下看，谁不害怕？不害怕那是扯！"离地三尺无小事"，这都几尺了？这都四米多了！上天的时候呢？是多少？一千！都一千了，能不害怕吗？那时候看着地上的人，真就跟蚂蚁似的。你不要认为害怕是个不好意思的事儿，大胆地说出来，我帮你克服！就怕你在那儿隐藏，明明害怕还不好意思说。然后等到一离机、一跳的时候，闭着眼睛咬着牙，感觉自己好像落垫子上去了，结果一睁眼，还在机门口站着！我们的理论，我们的特情，你现在掌握得怎么样了？这个东西要像我们吃饭一样，行云流水！好比我们吃红烧肉，红烧肉里边有土豆、有红烧肉，你在拿筷子之前，就已经盯上那块肉了，拿起筷子直奔目标，夹起来的下一个动作就是塞嘴里，谁会把这个动作做分解？

两个月的时间，张书豪所在的班在全连排名第二，他自己还进了伞训示范班。

考核拿了五分的张书豪并不知道，部队会邀请考核优秀的新兵父母前来参加授衔仪式。

于是，张书豪的妈妈付爽，从两千公里外赶了过来。

出发前，她发了一条朋友圈，说马上就要见到儿子了，激动得睡不着。

刚进入军营，付爽就激动地到处望，因为想孩子想得厉害，她觉得"瞅着都像我家孩子"。

太久没见到儿子，一进屋，付爽小跑着奔向张书豪，一开口就带着浓浓的哭腔："儿子！你咋瘦了呢！"

原本以为妈妈去旅游了的张书豪又惊又喜，母子俩抱在一起久久不撒手。

近三十小时的车程，带来了思念儿子的母亲，也带来了这个家庭的第一张三人合影。

军营能把一个男孩儿变成男人，却改变不了他看妈妈的眼神。

第四篇章·当兵

人生第一"跳"

从平地，到一米，到两米，直到五米。

新兵们一路闯关，来到了地面训练的终极关卡——二级模拟器（模仿跳伞全过程的巨大设备）。

跳出二级模拟平台，他们要将之前练过的所有分解动作一口气完成。但大家还达不到夹红烧肉般的行云流水。

要想行云流水，光靠肌肉记忆不够，还要靠头脑。

新兵们废寝忘食，见缝插针，拼命将理论装到脑袋里。

牛喜拴：怕不怕？

徐龙：不怕，我有点儿紧张。

牛喜拴：你可一定要跳出去啊，别挡着我。

徐龙：这是我人生中第一次坐飞机，还是这样下来。

牛喜拴：坐一半。

徐龙：人家是坐全程，我们是坐半程。

张书豪：我张某今天把话撂这儿，明天跳伞，指定没有问题！

跳伞前夜，新兵难掩激动，放出豪言壮语："能站着绝对不躺着，能躺着绝对不趴着！"

在磨平了简易模拟平台的花纹以后，新兵们终于可以踏上飞机，体会纵身一跃的真实脚感了。跳之前，伞训教员带着大家，将跳伞全过程在头脑中一遍遍"过电影"。

高晨光（空降兵部队某旅新兵伞训教员）：马上就要开机门了，开机门干什么？活动一下腿脚。活动的时候不要使劲儿，不要跟我们在地面摆练一样在那儿跺跺跺，不要跺！跺得飞机都不稳了，那飞行员一不高兴了，开着飞机就左转右转，你准备的时候飞机就上上下下的，你信不信？

士兵们：信！

高晨光：我不信，开玩笑的。不要跺飞机，就把腿这样伸直，脚腕扭一扭就可以了。懂不懂？

士兵们：懂！

人类最强大的武器，不是核武器，而是豁出一切的勇气。
地面的千锤百炼，只为千米高空，凌空一跳。

但要想安稳着陆，并没有那么容易。

还记得连长所说的"特情"吗？特情就是高空跳伞时发生的各种危及伞兵生命的意外情况。比如：主伞不开；在空中和别人的伞插在一起；落地时挂在树上；等等。

"先上树，再上房，最后拖拉到水塘"正是对此的生动描述。

"角度取大了，直接坐下了，闹心。"
"哥是正宗软着陆！"
"落地之后滑下去了，啪就坐那儿了，太扎心了！"

跳伞归来，新兵们叽叽喳喳地分享自己跳伞的体验，依旧沉浸在巅峰一跃的兴奋当中。

这只是他们众多跳伞实战中的第一战。

第四篇章·当兵

105

多年以后，当他们经受住了惊涛骇浪般的挑战，回望时会发现，这些不过是脚边一朵朵远去的浪花。

原来，空降兵的"降"，不仅意味着降落，也意味着降伏困难，决不投降。

决不投降。
Never surrender.

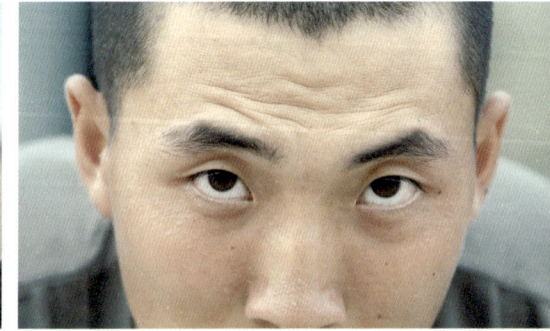

导演**张怡**手记

隐形的脐带

不是所有当过兵的都有机会拍《当兵》,也不是所有人生第一次执导的,都有机会执导《人生第一次》。但正如片中闫磊同志指出的:嘴上的功夫叫吹牛。接下来,我用手上的键盘回答大家的问题。

有网友提问:张书豪这么优秀,导演咋能提前知道?
我真的不知道啊!在拍摄"面试"的时候,桌子这边的我仿佛看到了多年以前、桌子那边的我。
说不一样,其实也一样。都是青春年华,都是热血儿郎。直到我听到那句不一样的回答,看到那坚毅的小眼神。

"家里不太同意我当兵。"
"人生规划中就有当兵这一步。"

张书豪同学,你这么有主见,你妈妈知道吗?
后来张书豪妈妈向我"告状":他偷拿了家里的户

口簿,办完了所有应征手续。一开始,妈妈是拒绝的,19岁的张书豪陷入了内心冲突。火车站的他,心事重重。

但当时,导演我不知道啊!

拎出来一看,这娃怎么不爱说话?你被选为跟拍对象了啊!要好好表现啊!

也算是观察者影响被观察者吧。

自此,张书豪背上了沉重的"偶像包袱"——生怕一个表现不好,就造成什么恶劣的社会影响,大家就不来当兵了。

也算是自我实现的预言吧。

其结果,就是让大家看到了这么优秀的张书豪。而张书豪,不过是万千空降兵中的普通一员。

说完张书豪,再来说说你们关心的小哥哥——树上君。

还记得连长的训话吗?

"我们的特情,掌握得怎么样了?"

掉树上、掉水里、掉电线杆上……都是特情。小哥哥们须臾不离身的蓝色小本本上都有写,可谓红烧肉一般烂熟于心。

我给大家随便翻几条啊:

跳出去挂飞机上了怎么办?
开伞瞬间伞飞走了怎么办?
伞呈灯泡或团状下降怎么办?
两伞空中相插怎么办?
……

掉树上，简直平平无奇！我负责任地表示：树上君抱树的姿势，十分规范；从云梯上撤离的姿势，十分洒脱。

大家散了啊散了啊。

再来说说 TMD 吧。

众所周知，TMD 是一种导弹防御系统，常被用来加强语气。有网友表示，镜头前教官们普遍温柔了。

的确，镜头会把语气的强烈程度削弱到七成；但同时，教官们对兵娃子的呵护程度，也只能拍出来七成。

也算是爱之愈深，TMD 愈切吧。

OK，大家的问题就回答到这里。接下来，我们谈谈一个有意思的隐喻。

大家有没有发现，空降新兵跳出机门时，身上都挂着一根带子？

在号称"勇敢者的游戏"的蹦极中，也有一根带子。只不过，那根带子全程都挂在蹦极者身上；但空降新兵的这根带子，在他们跃入蓝天的瞬间，就脱落了。

当这根与飞机"母腹"相连的"脐带"脱落，一名空降新兵，才算真正诞生。

往回拖动进度条，当机门在高空打开，新兵们挂上带子准备跳时，弹幕上一片惊恐。一位爷表示："爷是真的不行！"往后拖动进度条，当洁白的伞花打开，新兵们于湛蓝的天空徐徐下落，弹幕上一片惊叹。一位妹子表示："妈呀，我在哪个小哥哥怀里？"

所以你看，跳伞是不是比蹦极简单多了？蹦极，全程都是紧张的；跳伞，只有脱落后的那几秒紧张——往后余生，皆是自由。

区别仅仅在于：不脱落，命运由捆着你的带子掌控；脱落，命运由你握着的操纵棒掌控。

但有时，阻止脱落的，并非依赖，而是"脐带"。

在《当兵》主人公张书豪身上，就有这样一根"隐形的脐带"。

一开始，相依为命的母子俩，并没有意识到它的存在。妈妈没有意识到，儿子是独立的个体，她不想让儿子当兵；儿子没有意识到，妈妈是独立的个体，他不想让"叔叔"夺爱。

他们被"隐形的脐带"紧紧缠绕在一起，纠结着、痛苦着。

因为爱，因为怕，因为怕脱落了彼此的爱。

幸运的是，军营把男孩儿变男人。成长为男人的张书豪终于意识到，妈妈的人生也是人生："你和叔叔好好的。"妈妈也意识到："我儿子长大了，还不得出去飞去。"

挣脱束缚的母子俩，终于能够互相放手，彼此祝福，各自圆满。神奇的是，母子之间的爱，并未因"脐带"脱落而减损分毫，反而变得更加轻灵，可以流动了。

"隐形的脐带"可能出现在人生任何破茧重生的阶段。

比如，营长。对，就是那个宣誓时领誓的，帅得不要不要的营长。在他身上，闪耀着很多军人共有的品质：坚韧、自律、责任心。但就是这位"铁血"营长，却在面临转业时，彷徨了。用他自己的话说："我们的帅，是这身军装给的；脱了军装，啥也不是。"

营长和军营之间,有一根"隐形的脐带"。

面对它的脱落,需要怎样的勇气?

让我们回到跳伞。

跳伞,只有脱落后的那几秒紧张,往后余生,皆是自由。但就是那几秒所需的勇气,远大于蹦极。因为那几秒,你面对的是没有保险绳的未知,是自由落体式的失控。

很多人就是被这巨大的未知、一时的失控吓退。空降新兵们,却通过扎扎实实的训练,点点滴滴的积累,将失控变为可控。

这种转化,不是新兵们在飞机上喊喊"我要跳伞,我很勇敢"就能完成的,也不是班长在新兵屁股上踹一脚就能做到的。个中艰辛,唯有每一滴汗水、每一只血泡、每一个老茧知道。

所以,祝福营长,也祝福每一位在人生的十字路口,选择勇气的你。

致敬始终
心怀勇气的我们

故事讲述人：秦博

第四篇章·当兵

2020年年初,纪录片《人生第一次》上线。

我们希望用12个第一次,去展现中国人的生活断面。出生、上学、长大、当兵、上班、结婚……这些就像一条河流,没有太多的惊涛骇浪,但是它暗潮汹涌,潜藏着我们对于生活最真的情感。

万万没有想到,生活这条河流是真的有巨浪的。

2020年年初,新冠肺炎疫情席卷全国。

中国人第一次这样过年。

医护人员第一次剪去长发;建筑工人第一次在工地吃年夜饭;外卖小哥给医生送外卖不收钱……

再回头看着剪辑台上,当时我们还没有播出的《人生第一次》,感觉这就像是两个平行的世界。往日的生活如此平凡,却又那么美好。但就从这一个个生活的巨浪里,我们看到很多普通人豁出了一切。

所以这集播出前,我们要特别致敬这样一个个的第一次,那是我们继续生活的关键。这集播出的是《当兵》,里面有一句解说词,挺适合给现在打打气的——人类最强大的武器,不是核武器,而是豁出一切的勇气。

致敬始终心怀勇气的我们。

真正的平等，比异样眼光下的同情，更为珍贵。

上班

第五篇章

本集导演：詹佳骏

故事讲述人：韩童生

『他们和普通人一样，想要有尊严地活着。』
Same as any other people, they want to live with dignity.

他叫王绍军。

高三那年,他还是学校足球队的主力,踢前锋。有一次比赛,他没有发挥好,后来的每一次比赛,他踢得都很糟糕。慢慢地他才知道,自己得了腓骨肌萎缩症。

发病后,因为害怕看到自己的腿,他不穿偏瘦的裤子;为了减轻脚部的沉重感,他只穿比较轻便的鞋子。

这样的人生够无力了吧?肌肉都无力了,还能怎么无力呢?

但是他很少抱怨,他和我们这样说:"像我一样的残疾人有很多,难道都要坐着等死吗?"

"我得去上班。"

河南省郑州市中牟县
残友残疾人培训就业基地

王绍军上班的地方，就在这儿。

这里是一个残疾人就业培训基地，是王绍军一手创办的。

十年前，他经商卖大蒜，挣了一些钱。这几年，他用挣的钱创办了这个培训基地。

这里的每个人，都和王绍军一样，是残疾人。脑瘫、小儿麻痹症、肢体残缺、重度烧伤……

但每一个人，又和他不一样——他们会打字。

"让这些孩子面对电脑屏幕，克服他们身体上的缺陷，能够和正常人一样，有一份收入的保障。"这是王绍军创办这所培训基地的初衷。

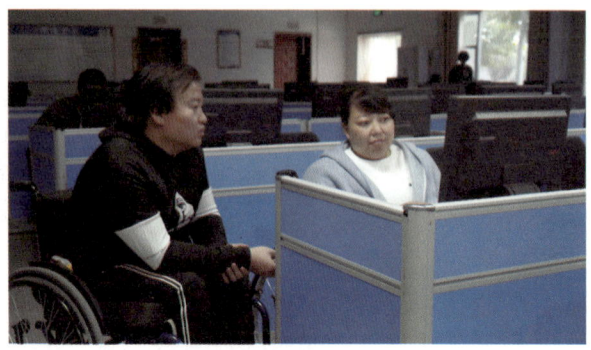

唐国立（左） 叶子（右）

裴奔康工作中

打字速度考核现场

基地负责招生的唐国立老师,把网络上报名来培训的叶子接回了基地。

杨雅然,就是网络上的"叶子"。她早就想来这里参加就业培训,犹豫了大半年。今天,终于迈出了这一步。

叶子本可以早一点儿过来,但是家里人工作忙,她的爸爸妈妈也不太支持她来培训,因而拖到现在才得以成行。

到了这里,叶子才知道,这个世界上和她一样不幸的人还有很多。

仝海洋,出生一个月,被查出脑瘫;裴奔康,小时候被电击,失去了双臂;王燕钊,高考前突然遭遇了车祸,醒来后,半身瘫痪,高考也结束了……

在这里,一些无法就业的残疾人,经过免费培训,会拥有人生中第一份正式的工作——成为一名阿里巴巴云客服。

阿里巴巴云客服针对残疾人给予了很多特殊的照顾,但是想要正式上岗,有很多问题需要独自面对。比如,一分钟最少要打42个汉字——无论你有几根手指,或者没有手指——都要做到。

10分钟,一篇文章,420个字,没有人帮忙。

这次考试若能过关,就可以正式成为一名客服人员了。

绝大多数残疾人很少接触社会,客户也并不清楚电脑屏幕对面坐的是谁。他们会发脾气、会投诉,这对内心本就敏感的残疾人来说,是个挑战。但比起这些,能靠自己的努力去搏一个未来,没有什么能比这更让他们感到振奋的了。

基地里有一面心愿墙，贴满了学员们对未来的憧憬。

想早日去成都做手术，康复后达己为人。

——常卫华

希望我能爱所有人，信任少数人，不负所有人，不再冲动张扬。

——刘站成

愿我今后工作顺利，早日买套自己的房子。

——叶子

唯一的目标，就是不啃老！去自己想去的地方，爱自己想爱的人！

——芳芳

考试合格，有了工号，就意味着学员们培训结束，需要离开基地了。

但是，很多人不想走。

王顺利：不愿意跟外界接触，因为感觉自己是个另类。来到这个地方，大家身体都多多少少有些不便，相处起来比较简单。

导演：燕钊呢？你是为啥要留在基地？

众人：哈哈哈！

王燕钊在基地快两年了。他不肯走，是因为他不仅拿到了工号，还找到了女朋友。

周奕好（左） 王燕钊（右）

王燕钊：到达基地之后，我的性格变得开朗了，后来认识了周奕好。因为她本身也是个非常爱说话的人，她很爱笑，慢慢地受她的感染，我自己的性格也有了一些改变。

离开基地，这对恋人很可能就散了。王绍军不忍心，就把他俩留了下来。

王绍军：中午回去？
王燕钊：嗯。
王绍军：准备好礼物没？
王燕钊：准备好了。
王绍军：拿出诚意，现在的每一次出现都是表现的机会。到那儿了阳光一点儿，你得自信，得有一种跟着我啥都没问题的感觉，然后叫人叫得甜点儿。

马上就到中秋了，周奕好鼓足勇气，决定今年带王燕钊一起回家。

对此，两个人都有些紧张。因为奕好的妈妈之前并不同意两个人在一起，妈妈觉得两个人都坐轮椅，互相照顾不了，担心二人的将来。但是奕好依然选择握紧燕钊的手，因为"就是喜欢他"。

周奕好妈妈：说实话，我不愿意，真不愿意。开始我们想的是，哪怕找个穷一点儿的，但是身体正常的，他能照顾她。可是她愿意（指对王燕钊），他俩愿意，这一愿意，没办法。

周奕好妈妈：奕好可聪明了，老是考班上第一名，不管英语、

第五篇章·上班

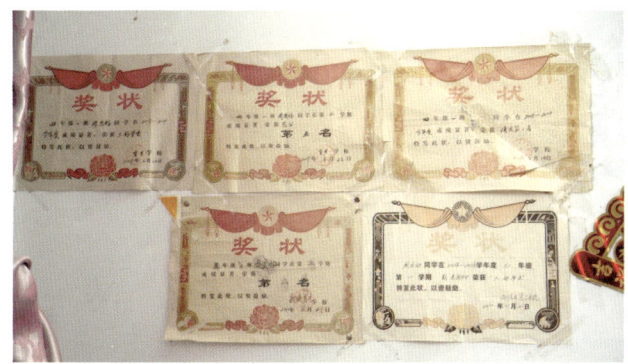

周奕好上学时获得的奖状

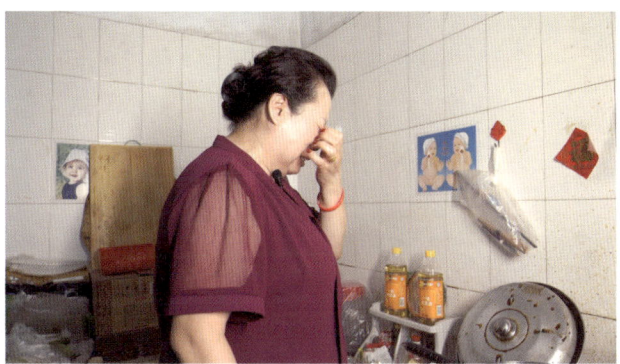

周奕好妈妈

王燕钊与周奕好的家人

语文还是数学，都聪明。也怨我，我跟她说那么多大学生都没工作干，你也别上了，就算上了也没人要你。再说家里有三个孩子，也不想给她投资了，平时也没少对她付出。就这样，她哥哥还说我向着她呢，说我跟妹妹亲不跟哥哥亲。

周奕好妈妈：小时候她理想很大，总和我说，妈你就让我上（学）吧。如果真的考不上，我就去山里支教。我说你别去了，没让她上，她两个月没理我。最后，她就自己在屋里拿个手机，在网上做点儿兼职，难着呢。后来她用自己挣的钱买了电脑，在2017年的时候，就去了王总的基地，这才算是每个月有了稳定的钱挣。

"不管家庭富裕不富裕，有钱没钱，只要幸福，只要和睦，就是幸福的家庭。虽然我们家里有两位残疾人，但与正常的家庭也是一样的，只要努力，都能过上幸福生活！"

王燕钊这一趟，最终还是顺利过关了。

过了奕好家里这一关，两个人也准备从基地离开回家了。

燕钊家是楼房，住在五楼，没电梯。他只能用手撑住护栏和墙壁，一节一节地，将自己撑上去。

王燕钊：我不想拖累我爸妈。一开始，我出门或者去治疗，全是我爸或者我妈背着我下楼上楼。毕竟五楼，他们现在也40多岁了，背着一个人，直接一口气上五楼是很难的。毕竟是怕我摔跤嘛，如果说再从楼梯上滚下去，这个损伤就太大了。但我实在是不想让他们背了，就坚持着自己上下楼。后来，从我能站起来之后，基本上

都是自己上下楼了,哪怕他们坚持要背,我也是坚持要自己上来。

<u>王绍军</u>:我鼓励他们最终还是要走出去,因为"残健融合"才是这个社会正常的形态。基地等于是个温房,给他们提供生活的基础、工作的岗位,包括他们的自信。但是,人最终要和社会在一个形态里去生活,要让他们不仅有一份技能,更要懂得做人的道理,懂得在实际生活中从容地生活。

还有一点王绍军没说,他的身体状况越来越差,照顾不了这么多人了——五年时间,他脑梗了三次。

很多时候,王绍军也很为难:有些人实在想来;有些人实在不愿走;有些人是真的走不了。

这些基地里的孩子，就像王绍军年轻时一样，绝望、自卑、一肚子的苦水。王绍军看到了，没办法不管。

吴孟雅：没想到会一辈子坐轮椅。开始的时候很自闭，觉得自己好不了，也没法儿给家里做啥了。在家也不说话。我妈压力大得睡不着，买了安眠药，我就藏了一瓶在我枕头下。每次我妈晒被子我都会把它放在一边，她一直都没发现……又过了一两年，我姐给我买了手机，我看人家说残疾人不一定要在家里，残疾人也可以有自己的生活，也可以像正常人一样出来闯、交朋友、自己独立。我觉得我一定要出来，我要独立。我这一辈子还长着呢，我也要为自己活，但前提是我要挣钱。

王燕钊最后一张站着的照片

吴孟雅

一批学员要走了。

临走前,基地举办了一场集体婚礼,算是给他们送行。

婚礼现场,周奕好穿着婚纱,和伙伴们一起表演了一套手语操,名字叫作《不要认为自己没有用》。那是他们培训结束后,在基地经常排练的一首歌。

我们在网络上输入了这首歌的名字,有超过 5310 万个条目。这首歌被称为著名的治愈神曲,背景是绿色的草坪和白雪皑皑的珠穆朗玛峰。在企业的年会上,在学校的宿舍里,在城市的广场上……人们都会用这首歌给自己打气。

这些坐在轮椅上的姑娘,她们的表演并不在这 5310 万个条目里,但结结实实地打动了现场的每一个人。

冯政凯:面对电脑,我们就是正常人。

吴孟雅:第一次拿到工号上班,拿到第一个"满意"的时候,我就觉得自己还挺厉害的。

11 月 11 日,零点的钟声敲响了。对于他们来说,今晚的钟声就像童话里的魔法,不过和灰姑娘的故事正好相反——午夜之后,他们才能参与到这场盛大的狂欢中来。这些特殊的云客服,日常排班不能超过晚上 12 点,只有"双十一"这天,他们才被允许上夜班。

周奕好和伙伴们一起表演手语操

躲在屏幕后，没有人知道他们的真实面容。

彩色的键盘和耳机发着光，大屏幕上直播着"双十一"购物盛典，这些光混杂在一起，打在他们的脸上，这里变得像一个舞厅。

没有人说话，他们专注地回答着用户提出的琐碎问题。这些对话有时候很无聊，甚至他们还要被谩骂，可是他们竟然有一些享受。因为这个时候，世界真的把他们当作了正常人——有情绪就往他们的身上发。这比那种异样眼光下，"廉价"的同情高贵得多。

这是真正的平等。

"这群孩子让阿里感动的是，在他们最需要人去工作的时候，这帮残疾孩子顶了上来。"

午夜，他们和正常人之间的那道鸿沟，消失了。

一个人的梦想是一点点希望，
一群人的梦想照亮前进的方向。

A person's dream is a little hope,
and a group of people's dreams illuminate the direction of progress.

导演**詹佳骏**手记

我爱他们
热爱生活的模样

我的姑妈詹祥麟，是位小儿麻痹症患者。

小腿肌肉萎缩使得她走路一瘸一拐，如果碰到高一点儿的台阶，她就要用双手先抬一条腿上台阶，再把整个身体撑上去。1977年高考恢复了，她从工厂考上了大学，学习工业自动化专业。毕业后，由于残疾的原因她找不到自己喜欢的工作，最后又回到工厂，成为了厂办中专的一名老师。

听说姑妈曾经也恋爱过，但是却没有嫁人。

她是家里的老大，做任何事情都会为弟弟妹妹考虑。而我父亲是家里最小的，因此她对我这位小弟的儿子特别好。有一段时间，她住在我家里辅导我功课。她每次出门时，我都尽可能地陪在她旁边，扶着她。时间久了，她感觉到我心疼她，就不想拖累我。于是，她开始学习骑自行车，觉得有自行车就可以跟上我，不需要我照顾。没多久，她就开始一脚高、一脚低地骑上了自行车；又没过多久，她骑车的时候摔了一跤，骨折了。

时至今日，姑妈已经去世五年了，作为一名纪录片导演，我再也没有机会为她拍摄一部反映残疾人与命运抗争的纪录片。

在中国，有8500多万残疾人，他们中的绝大多数人都有着与我姑妈类似的不幸。为残疾人这一群体拍摄一部纪录片，是我最大的心愿。

有位同行告诉我，残疾人题材的纪录片已经被拍过很多次了，再拍这类题材可能会没有"新鲜感"。我非常感谢他的提醒，我们只是通过镜头去透视单一的残疾人个体，反映了他们命运多舛、自强不息的故事。这样的题材的确已经有很多，往往会让观众猜到剧情的走向，看点也就少了。

假设有这样一个地方，住着几百位原本不相干的残疾人，他们的命运被这个地方牵引着，交织在一起。又通过这个地方，他们的工作、爱情、友谊就此重叠在一张网络之中。

如果我们将这个地方拍成一部纪录片，那么我们展现的将不再是个体，而是残疾人群体的群像力量。

《人生第一次》之《上班》，就是这样一部纪录片。

时间

故事从34年前开始。

那一年，有一个名叫王绍军的17岁少年，那是他人生中最璀璨的 年——在学校足球队踢前锋，读书成绩名列前茅。

有一次足球比赛，他跑不动了。事后，老师以为他偷懒，要他为这场比赛负责。王绍军不服，于是，老师踹了他一脚。接下来的每一场比赛，王绍军越是想努力跑，就越跑不动。无奈之下，他去医院检查，医生告诉他他得了腓骨肌萎缩症——这种病与"渐冻人"一样，同属运动神经元疾病。

王绍军大学毕业后，先后在政府机关、银行、投资公司工作了近十年。在工作的那段时间里，他的腿部肌肉一天比一天萎缩，为了不让别人看到他身体的缺陷，他只穿比较宽松的裤子。他知道自己的身体状况，总感觉有一把利剑在背后追着他，所以工作起来他比一般人更加努力。

有一天，他无法正常地行走了，因为他发现自己的左腿不能动了；又过了几年，他的右腿也几乎不能动了。

从那天开始，他再也上不了楼，也无法胜任现有的工作了，于是他选择创业——在河南中牟经商卖大蒜。

又过了一段时间，他用卖大蒜赚得的钱建了一所残疾人就业培训学校，免费为残疾人提供就业培训。

在拍摄这部纪录片的三个月的时间里，我自始至终没有问过王绍军这样一个问题：您为什么要用自己的积蓄建一所残疾人培训学校呢？我把这个问题留在自己心里，希望观众看完之后能够告诉我你们的答案。

但是，有意思的是，或许王绍军自己都不曾想到，那场突然踢不动的球赛并不是他一个人故事的开始，而是将来几千名残疾人奋斗故事的开始。从 2014 年至今，王绍军的培训学校，为残疾人群体安置就业 4000 多人。

现实是残酷的，却能体现出人不屈从于命运的力量到底有多强。

老天爷让王绍军在风华正茂时"倒"了下来，却在几十年后让 4000 位残疾人因他所建立的残疾人培训学校重新自立。我们的纪录片不可能回到王绍军那场踢不动的球赛；也不可能回访 5 年时间里，被他的基地安置就业的 4000 名残疾学员。我们可以拍摄的，是如今正在培训的 200 名残疾人学员——他们，会发生什么故事呢？

仝海洋，河南许昌人。31 年前在河南省许昌市工辽医院出生，生下来就高烧不停，黄疸严重，还没有满月就被查出脑瘫，说话口齿不清，走路不稳。

周弈好，河南鄢陵人。23 年前，出生三个月后的一场高烧让她得了小儿麻痹症——再有一个月，她就可以注射第二剂小儿麻痹症疫苗了。

王燕钊，河南濮阳人。6 年前，高考前夕，一场车祸，半身瘫痪，醒来后，高考结束了，从此以后坐上了轮椅。

吴孟雅，河南周口人。6 年前坐在奶奶的三轮车上，三轮车翻到了沟里，她摔伤了颈椎神经，下身不能动了。

裴奔康，河南新密人。25 年前，他与小伙伴们爬上高压电线，不小心被电打断了双手。

……

仝海洋、周弈好、王燕钊、吴孟雅、裴奔康，这些人通过各种途径来到了基地。2019 年 8 月，我们摄制组也来到培训基地，开始了拍摄。从那天起到之后三个月的时间里，我们摄制组默默地观察着这些学员的一举一动，尽可能详尽地记录基地里发生的故事。

空间

河南残友残疾人培训基地，占地 108 亩。

在基地的招生简章上写着三种培训项目：

1. 阿里巴巴云客服

18~40 岁；有身份证、残疾证，且残疾类别是肢体残疾和言语残疾；淘宝账号达到 3 颗心；打字速度 42 字 / 分钟。

2. 亚马逊在线客服

持有残疾证、身份证的残疾朋友，有工作经验者优先。

3. 中国联通在线众包服务

持有残疾证和身份证，会讲普通话，乐意与人交流。

经过这些项目培训，可以让残疾人在面对电脑屏幕的时候，克服身体上的缺陷，与健全人一样，有一份收入的保障。

在这些项目中，培训人数最多的，就是阿里巴巴云客服。无论你有几根手指或者没有手指，无论你是用手打字或者用脚打字，只要打字够快，你就能成为阿里巴巴云客服。得到这份工作，意味着从此以后你的生活就有了保障。

我们纪录片的主要拍摄场地，就是残友残疾人培训基地 108 亩地的范围之内。除此之外，我们还去了王燕钊和周奕好的家。

心像

追求幸福是每个人的权利，残疾人怎样活才能感到幸福，是本片在拍摄过程中想要找到的答案。

通过镜头反映人物心理、关心人物命运是纪录片工作的重要职责。在本片中，我们关注残疾人与健全人是否平等，他们是否拥有工作的权利，是否也能追求爱情，这个时代赋予残疾人什么样的机遇。

通过本次拍摄，我们发现残疾人是个沉默的群体，他们很难面对镜头吐露自己的心声，这也是拍摄本集纪录片最困难的地方。

我们用了一周的时间成功地与学员建立了信任感，在那段时间里我们想了许多有趣的方法。比如，我们会把一些有意思的拍摄花絮剪辑成短视频播放给他们看。同时，我们始终带着一种虔诚之心去探究残疾人的内心世界。我们清楚，要想真正获得他们的信任，必须将自身的各种不完美与他们分享，告诉他们，其实我们也很"弱"。

时间久了，这些残友渐渐向我们打开了心扉。这才让我们了解到，他们选择沉默，是因为他们害怕社会给予他们异样眼光下"廉价"的同情。

有这样几个故事：当学员刘喜俊与学员思若涵坐着轮椅逛街的时候，一位中年妇女在好奇心的驱使下跑来这样问刘喜俊："哎哟，年纪轻轻的，腿那么长，人也挺帅的，怎么就坐轮椅了呢？"当有人给失去双臂的裴奔康口袋里塞进十元钱的时候，他追赶上去对那人说："大哥，我不是乞丐。"

通过这两则故事，我们可以看到，对于绝大多数残疾人来说，尊严比同情更重要。如何用正确的方式关心残疾人，是我们许多人要学习的功课。对于他们来说，工作就是他们获得尊严的最好途径。

　　另外，一些后天致残的残疾人，他们的内心非常敏感。在受伤之前，他们也有各自的人生规划，突如其来的变故，使得他们非常难以接受身体残疾的现实。

　　正如高考前遭遇车祸的王燕钊，醒来后高考结束了。之后的半年时间里，王燕钊不愿意说话，不希望家人过多地关心，也不想让同学来看他。王燕钊受伤时的年龄与王绍军生病时的年龄一样，都是 17 岁。因此，王绍军比很多人都更了解王燕钊的内心。

　　在拍摄的过程中，在王绍军的指导下，我们与燕钊产生了彼此的信任感，我也把他当作自己的弟弟一样对待。9 月 15 日那天，是我 35 岁的生日，向来不善于表达自己感情的王燕钊悄悄地为我准备了生日蛋糕。

　　在社会上，很多类似王燕钊这样情况的人都有可能会自暴自弃。但是在残友基地，他不再是另类。因为到了基地，他明白世界上有许多和他一样不幸的人，他没有理由自暴自弃。

　　同时，王燕钊在基地遇到了周弈好，一位从小坐轮椅的美丽女孩儿。

　　周弈好是位小儿麻痹症患者。虽然她的身体有残缺，但是内心火热。周弈好与王燕钊仅差一岁，又是同一天来到基地培训，或许是天作之合，他们被分配到一个座位，成为了同桌。弈好主动加了燕钊的微信，没多久他们恋爱了。在整个拍摄周期中，我们用镜头记录了王燕钊"毛脚女婿"上门的过程，以及两人最终步入婚姻殿堂的美好瞬间。

回家

　　有一件事不得不提，在拍摄的过程中，周弈好的妈妈坦言自己一开始不同意两个人谈恋爱。她认为如果夫妻二人都是残疾人，那么他们今后的生活会很难互相照应。奕好妈妈希望自己的女儿能找一位家庭条件差一点儿的健全人，这样他可以照顾女儿一生。

　　周奕好是河南鄢陵人，王燕钊是濮阳人，这两个地方相差几百里。其实，他们两年前就已经结束了培训，拿到了阿里巴巴的工号。但是，王绍军担心女方家人的反对会让两个人见不了面，这样一段良缘很有可能会烟消云散。为了能够让有情人终成眷属，王绍军将二人留在基地两年，免费供他们吃住，直到双方父母同意他们的婚事。

　　王绍军坦言，这几年，他通过这样的方法促成了好几对新人，经常有家长因为不理解而带着全家人来到基地骂他。王绍军始终认为自己做得没错，他说："残疾人的问题最终要靠残疾人自己解决。"

　　王燕钊与周奕好结婚后，王绍军劝王燕钊离开基地。因为，王绍军始终相信"残健融合"才是社会的正常形态。于是，我们摄制组跟随王燕钊回家，他的家在五楼，没有电梯，房间内也没有无障碍设施，今后的生活该怎么办？从那一刻起，我们摄制组理解了奕好妈妈的担忧。

　　我们通过搜索引擎，输入残疾人"无障碍卫浴"的关键字，网上出现了这样的装修建议：

1. 浴室空间不宜太小；

2. 门的宽度要大；

3. 座便器要用挂墙式；

4. 洗手间、浴缸、淋浴设施要尽量安装得低。

如果再输入"无障碍厨房"，会得到这样的建议：

1. 橱柜间要有轮椅可通过的距离；

2. 橱柜操作台要低；

3. 吊柜最好是升降式。

王绍军告诉我们，国内的生产厂家很少为残疾人设计产品。因此，物以稀为贵，残疾人要装修一套房子，成本会比健全人装修一套住宅贵好几倍。高昂的生活成本，代表着残疾人在身体不方便的情况下，工作还要更加努力，赚更多的钱。

在王燕钊的家中采访时，他也谈到了对未来生活的忧虑：他的家在五楼，没有电梯，燕钊还能爬上楼梯，而奕好从小瘫痪，完全无法爬到五楼，未来只能租有电梯的房子住。

我知道，燕钊的这份忧虑其实是一个男人对妻子的责任心。燕钊这样告诉我："大街小巷，公共场所的无障碍设施都是由国家投资建造的。可是家里的无障碍设施，要靠自己的劳动报酬一点儿一点儿地建立起来。"

过了一个月，王燕钊和周奕好在残疾人培训基地附近租了一套两室一厅的电梯房，实现了真正意义上的残健融合。

而有的人却回不了家。

裴奔康自小失去双臂,做许多事情都不方便。在健全人的生活中,许多事情都要靠手来完成——可是裴奔康没有手,他做不到。小的时候,奔康的妈妈为了照顾他,辞去了工作。如今,裴奔康从男孩儿长大成人,许多事情,妈妈也不方便照顾了。

两年前,裴奔康来到残疾人培训基地,从那以后,这些他不方便做的事情,就由一群拄着拐杖、坐着轮椅的残疾人帮着他做。在基地里,几乎人人都觉得照顾裴奔康是他们的本分:吃饭的时候,有人帮他夹菜;洗澡的时候,有人帮他洗头。残友基地里的残疾人如何"相依为命",在本片中也有体现。

王绍军知道裴奔康回不了家,所以就留下了他,像小裴这样留在基地的残疾人还有很多。每天,王绍军都要为养活基地里200多名残疾学员的事操心;每天,还有新的学员通过各种途径慕名前来报到。

王绍军在五年的时间里,脑梗了三次,卖大蒜剩下的钱也不多了,我们在拍摄时无意听到了王绍军与红十字会志愿者张菊的对话。

张菊想推荐一位残疾的孤儿来基地培训,王绍军回答了一句:"现在年龄大了,似乎很多事情力不从心了。"在张菊的一再劝说下,王绍军最终收下了这位残疾的孤儿。

为了减轻基地的压力,王绍军决定让一部分有能力的老学员离开基地、回家上班。他向朋友借了3万元钱,为十对残友基地相识的新人举办了一场集体婚礼,这是王绍军能力范围内能够给他们的最好的礼物。礼成之后,他们将离开基地。

王燕钊与周弈好就是这十对新人中的一对,婚礼现场周弈好穿着婚纱与伙伴们一起表演了一套手语操,名字叫作《不要认为自己没有用》,伴唱的是王绍军和本片摄制组。

后记

在拍摄过程中,我们发现了一件比较遗憾的事情:由于身体不方便,基地里大多数孩子的读书形式都是在家自学或半途而废。对于健全的孩子来说,读书是一件很简单的事情,可是,对于残疾人来说却非常困难。因为,绝大多数学校都没有为残疾孩子设立无障碍设施。

由于新冠肺炎疫情的暴发,残友基地的学员不能回基地上课,我无法从王绍军那里得到他们每一个人的消息,因此特别想问候一声:"朋友,你们最近还好吗?"

我也感谢残友基地,把我带到残疾人朋友的内心世界中。

写完这篇文章时,我原本想要打电话问候王绍军的,却从他家人的口中遗憾得知:2020年2月14日,王绍军的办公室突遭大火,因独自一人无力脱身,被人发现时他全身已经62%大面积烧伤。之后,王绍军被紧急送往郑州市第一人民医院进行救治。据了解,暂无生命危险。

郑州慈善总会等社会各界力量筹款100万元用于王绍军的后续治疗。3月份,王绍军共做了三次植皮手术;3月29日,王绍军血液感染,之后长期住在ICU病房(由于身体原因,王绍军的植皮手术成功率并不高);5月6日,他进行了第六次植皮手术;6月29日开始,王绍军的意识渐渐恢复;11月6日,王绍军正式出院,出院前刚做完第十一次植皮手术。住院期间,总共花费

300 万元人民币。

  回到家后，王绍军发现自己原本还算灵活的左手几乎无法动弹，双脚也彻底失去了原有的功能。为了尽快上班，他于 11 月 23 日入住河南中医药大学第一附属医院康复科进行康复治疗。同日，我也前往医院去看望了他。

  祝愿绍军早日康复，归来上班。

世界大门，
向你们敞开

故事讲述人：
韩童生

据说，中国有 8000 多万残疾人，但是，我们好像很少会在街上看到他们。

片子虽短，却实实在在地让我看到了这些人，他们到底是怎样生活的，他们又在想些什么。

在看片子的过程中，我也在不断地检视自己：平日里似乎总有说不完的抱怨和不如意，但其实有些人，光是活着，就已经拼尽全力了。

一个社会的文明程度，很大程度体现在对待"弱者"的态度上。不仅仅是对这个群体的人性关爱，更是要扶持他们不被残酷的社会和竞争淘汰，让他们以自己能发光发热的形式赢得应有的尊严与人格。

而王绍军这样的人，毕生所致力的事业也正是如此。他们倾尽全力，不为自身名利，他们所图更大——去帮助和成全更多人。他帮助残疾人朋友向自己发出挑战——走出去。

这是一种呐喊，一种需要全社会都能听到的声音：我们需要走出去，我们可以走出去，我们不只是适合待在家里！

来吧，鼓起勇气，世界的大门，向你们敞开！

残健融合，
携手共行

我们要知道什么是残疾人，对这一群体更为友好的称谓是"残障者"或者"障碍者"。根据《中华人民共和国残疾人保障法》规定，残疾人包括视力残疾、听力残疾、言语残疾、肢体残疾、智力残疾、精神残疾、多重残疾和其他残疾的人。

残健融合指的是残障者与非残障者融合发展，平等地享受各项权利。残健融合的范围比较广泛，其中就包括教育融合、就业融合，是全方位的社会融合。为此，整个社会的残障观要从医疗模式，即认为这一群体要通过医治而适应社会，尽快发展转变为社会模式残障观，社会应该提供更多的支持来帮助残障者实现融合。

残健融合是社会多元融合的一种，是一种先进的社会治理理念，是社会发展进步的表现。历史上，残障者曾长期受到社会排斥，无法参与社会生活。这一群体是一个庞大的、有待开发的人力资源库——我国有8000多万残障者，如果他们能发挥自己的优势，积极参与社会活动，充分就业，那么不仅能实现他们的自身价值，同时也是在为社会创造财富。我们不能把他们看作社会的负担，相反，如果他们中大部分人不参与工作，这样才势必会带来很大的国家公共财政的负担。

融合的前提是保障残障者的各项权利，包括康复权、教育权、无障碍权利、就业权、文化娱乐权利等。拿无障碍权利来说，这是残障者实现社会融合的非常重要的条件。比如，残障者能否参与工作，取决于从家到单位这一路上是否有无障碍设施。这里的无障碍设施包括在社区、公共交通、办公楼等一切场所都要兼顾残障者的通行权。如果无障碍设施建设到位，那么他们可以像所有人一样参加工作。目前在我国的一线城市，残障者设施有了很大的进步，但是依然有许多不足之处。比如说有的地方台阶做高了，不利于轮椅车的通行；有的地方盲道被占用……这些行为都不利于残障者出行。

残障者教育权的实现也非常重要。我国残障者普遍受教育程度不高，他们虽然有不足，但是我们要运用优势视角，积极发现他们的才能。如果教育善于发现残障者的天赋，那么他们也会是社会发展的重要人才。我们应该研究如何通过教育将他们的个性化优势开发出来，继而为社会做出贡献，这也是社会研究领域的重大课题。

目前，我们国家对残障者权益进行了多方面的保护。

首先是法律保护。我国在1990年颁布了《中华人民共和国残疾人保障法》，并在2008年根据时代的发展需求进行了修改，以全面保护残障者的权利。比如，为了保障残障者就业，国家规定了按比例就业制度——用人单位要按一定比例招收残障者员工，否则就要缴纳残保金——这也是督促企业履行自己的社会责任。

其次是出台了诸多惠及残障者的政策及福利项目，尤其是我国成立残疾人联合会以来，在残障者维权、康复、教育、扶贫、就业、社会保障等各个方面做了大量工作。比如给老年视力障碍者开展免费白内障手术，给聋儿进行康复，配发辅助器具等。福利彩票中也有很大一部分比例在助力残障者。

我们希望整个社会，每个市民都可以用平常心来接纳残障者。因为残障其实是一个动态的概念，在风险社会中，我们也有可能因为遭遇车祸或者疾病而成为残障者，因此关爱残障者就是关爱我们自己。如果我们每个人都拒绝歧视残障者，能友好地伸出我们的双手，可以预见，随着社会的发展，未来残障者会更好地融入社会生活，也会有更广阔的发展机遇。

全国残疾人研究会理事
华东政法大学副教授 杨旭

迟暮之年，当你回首婚姻的时候，你会发现当初信誓旦旦的爱情，已变成现在朝朝暮暮的陪伴。

结婚

第六篇章

本集导演：陈婷　张涛

故事讲述人：郎月婷

『关关雎鸠，在河之洲。窈窕淑女，君子好逑。』
By riverside are cooing, a pair of turtle doves.
A good young man is wooing, a fair maiden he loves.

在中国，有一个领域，剪辑师的门槛非常高。

这就是婚庆。

这一刻，中国人愿意花钱、花精力、花时间，让自己变得美，因为他们要登上自己的舞台，要向世界宣布——我找到了人生的另一半。

这句话，蕴含着中国人朴素的婚姻观：结婚成家，生命变得更加完整。

中国，上海，浦东新区民政局。

在这里，平均每一天都有一百多位新人登记结婚。登记结婚并不麻烦，预检、填表、办证，跟办一张银行卡差不多，但是做出这个决定并不容易。

你来了，一切都值得

小林，新加坡华裔。

佳梦，上海小囡。

一对跨国的夫妻，回上海，他们想领一张中国的结婚证。

佳梦：中国的结婚证一人一本，宣读誓词，登记的方式挺有意义的，所以我挺想拿一本中国的结婚证。

第六篇章・结婚

小林（左）　佳梦（右）

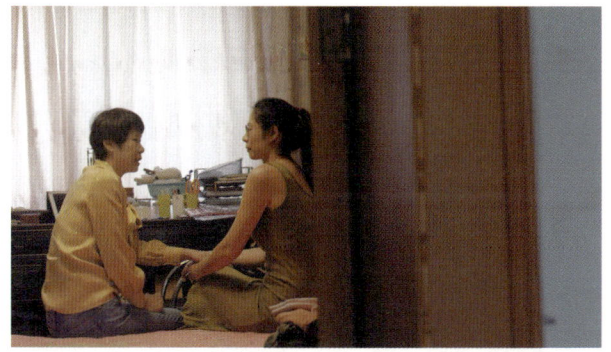

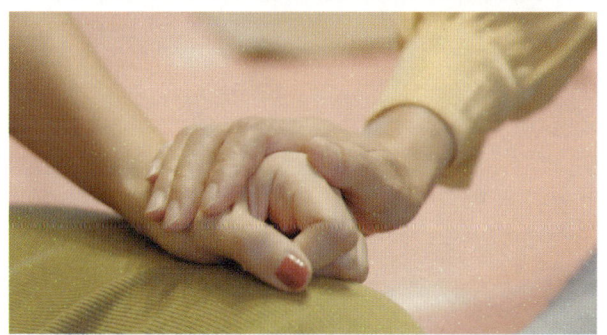

佳梦妈妈：小林还可以吗？

佳梦：挺好的。

佳梦妈妈：妈妈还是有点儿不放心的。

女儿常年在国外，妈妈不免牵肠挂肚。她很久没有拉着女儿的手说说话了。

佳梦妈妈：有什么事情就和妈妈说说，你发个微信"我今天很忙，挺好"，妈妈心里就很踏实。真的会这样，只要你说很好，妈妈就会考虑安排今天出去玩，安排同事约会……有妈妈做后盾呢。

佳梦：我知道了。

女儿即将远嫁，丈母娘恨不得把所有的看家本领都传授给女婿。首先，就是教他几道上海本帮菜。

佳梦妈妈：小林，过来吧。

小林：来了。

佳梦妈妈：你看这个是鳜鱼哦。这里有个刺，一定要把它剪掉，大的鱼就这样划几刀。

小林：这个不要的？

佳梦妈妈：这个没关系，这个放着样子会好看一点儿。你抓上面，不要弄尾巴，对对对。好，我们现在要开始烧虾了。烧菜，就是要把锅烧得很热，然后把油倒下去，油不用太热，这样叫热锅冷油，比较健康。没听懂？

小林：没听懂。

丈母娘一心想将自己的拿手绝活儿传授给女婿，两个人在厨房里忙得不亦乐乎。奈何小林的中文水平还不够老练，丈母娘的一番叮咛，他只能听懂其中一二。

佳梦妈妈：他叫林振樑，我们都叫他小林。我有时候会问他，这东西你懂吗？他就眼睛朝我看看。他有句口头禅：一点点（只懂一点点）。

多有牵挂的佳梦妈妈依然忘不了叮嘱小林要好好学习中文，因为等他的中文熟练了，她还有许多话要对他说。

佳梦妈妈：尤其在外面，有些事情，不是样样都可以和大人说的，碰到什么问题，两个人要说出来，不能打冷战。

婚姻中的磕磕绊绊在所难免,作为过来人,岳父语重心长地和小林交流着经验。

佳梦爸爸:要让女孩儿开心,要让佳梦开心,这样就什么都解决了。给她一个惊喜,比如"今天你怎么会煮饭",如果每个星期都有惊喜,那这个生活就 very good(非常好),对不对?

小林:对对对,不用担心佳梦,我会照顾她。

佳梦爸爸:"照顾"两个字责任很重大的,照顾不是每天起床了 good morning(早上好),不是的,这个 morning(早上好)后面就是干活儿。

小林:对对。

佳梦爸爸:(满意)你的性格很好。

佳梦从小的梦想,就是在结婚时办一场中式婚礼。如今,她找了一位外籍老公,但是这个梦想依然没变。

佳梦妈妈:真的要出嫁了,心里总有一种不舍。当然小林很爱她,我心里也挺开心的。

佳梦爸爸:以前看别人办婚礼的时候,想着父母怎么会掉眼泪,现在到了这个时候,我们也有这种感受的。

佳梦出嫁的这一天,妈妈一早就下了厨房,要给新人煮碗汤。

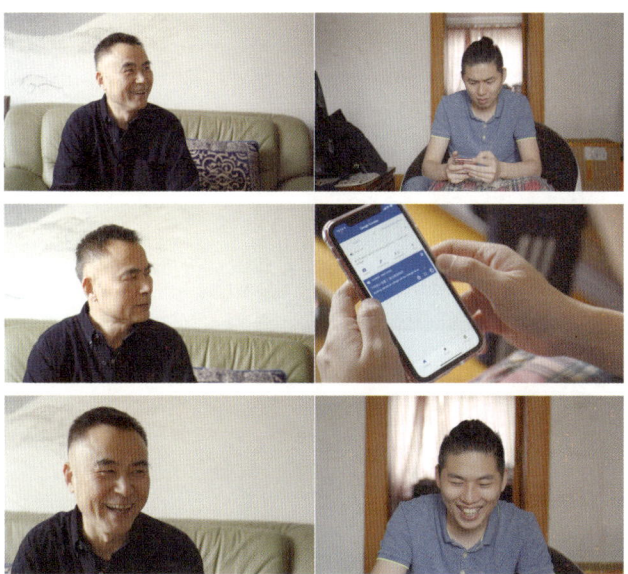

佳梦妈妈：这个五福汤要妈妈亲手烧的，这个时候感觉肯定不一样。这一样样东西，都是妈妈亲自去挑选的，烧好，他们两个吃了，肯定会记住的。

为了完成妻子的心愿，小林这个外国新郎，努力地融入中式婚俗的种种活动里，看上去，他也乐在其中。

佳梦梦寐以求的婚礼，终于开始了。

小林和佳梦的中式婚礼，已经简化了很多，但对于小林来说，依然有几个步骤是不小的挑战——比如，用普通话念誓词。

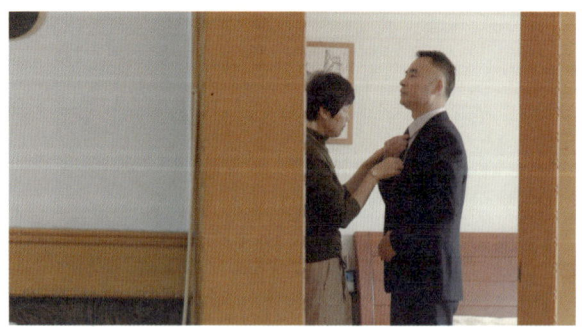

第六篇章·结婚

小林：在遇到佳梦以前，我以为我会一辈子单身，我没有想过我会结婚。我觉得我们命中注定要走到一起，吃同样的食物，尝到不曾体会的美味，特别是糖醋排骨。老爸、老妈，你们不用再为佳梦操心，我们会永远和你们在一起。

爱，就在一起

提起第一眼见到对方时的感觉，可能每对情侣之间都有独属于自己的小情调。

徐鹏：最开始，我们俩……相当于是网络上认识的。
孙玮：谁跟你是网络上认识的！
徐鹏：就，我是考研，然后有一个论坛……
孙玮：不是非法渠道，就是正常的那种。

徐鹏和孙玮，一个来自徐州，在上海打拼；一个家在西宁，在江苏的昆山教书。这相隔两地的一对，经历了八年的爱情长跑。
如今，他们终于决定走到一起，在上海安家。

孙玮：决定在一起，肯定不可能像之前一样异地，从他事业发展的角度看，如果成家的话，还是在上海比较好。肯定会舍不得，毕竟已经在这里六年多了。朋友，还有之前很多学生都在这边，觉得还是挺熟悉的。现在又要从昆山去上海，可能会再认识一些新的朋友吧，然后就开始新的生活了。

租出昆山的房子，打包好行李，门一关，孙玮告别了六年的生活和老友，前往上海。
婚礼将在徐鹏的老家徐州进行，孙玮的父母也从西宁赶了过

徐鹏（左）　孙玮（右）

来。接到父母后，刚和父母寒暄了几句，徐鹏和孙玮就赶去为婚礼忙碌了。

　　孙玮：这个不好看，为什么有个窗帘在这儿呢？就像家里的阳台一样。
　　徐鹏：就要搞这种像家一样的感觉呀。
　　孙玮：莫名其妙。这哪像迎宾区？总觉得像谁家窗帘丢在这儿了。
　　婚庆：新郎说让我加一些情怀的东西，午后后花园的感觉。
　　徐鹏：挺好的呀。
　　孙玮：我觉得不行，我不能接受。

159

徐鹏：你看怎么改？

孙玮：你的意思就是加个窗帘呗？那窗帘我又不喜欢。你还不如把你家床单拿过来，你摆个床单更好，更有情怀。你的情怀是什么？

婚庆：诗和远方。

孙玮：诗和远方。（笑）

徐鹏：主体还是这种，保留一下，然后把窗户再……

孙玮：慎重说话啊。

徐鹏：改掉吧。

若是两人有分歧，做出让步的总是徐鹏，而孙玮是强势的那一个。用她的话说"我很容易生气"，这让孙玮的父亲很担心。

孙玮爸爸：不要总是因为徐鹏的性格比较柔弱，而且他不计较一些事情，你就强势地压对方。尤其是男的，尤其是要由原来的男朋友变成你的丈夫，这时候你就必须尊重人家，尊重人家也是尊重自己。

孙玮：反正你天天想给我灌输点儿这种思想，就是我要尊重他，然后怎么样。我也知道，但有的时候我可能做不到，因为我们两个的相处模式就是这样的。

孙玮爸爸：如何去让这个家庭美满、幸福、和谐，全部要靠你自己。这也是爸爸给你嘱咐的一句心里话。

孙玮：嗯。

孙玮爸爸：其实这么多年啊，我们当父母的，想到嫁姑娘这个过程，虽然心里头确实不舒服，但这是一件喜事，我们要喜悦地去面对和迎接它。

第六篇章·结婚

宝贝女儿从小娇生惯养,是爸爸心头的一块肉,那个年轻人会像自己一样疼爱女儿吗?

孙玮:他不是那种特别浪漫的人,但是比较细心。就我自己的性格来说,我觉得包容我这件事情还挺难的。但我的任何缺点,在他看来都不是缺点。比如说我脾气不好,性子容易急,他反而说这是我的闪光点,被他描述出来的我都是优点。以前我可能会觉得自己是那种特别喜欢给自己挑毛病的人,总觉得自己这不好、那不好,但是与他接触和相处下来,有点儿被他"洗脑"的是,他觉得我什么都好,然后我也觉得我挺好。所以挺感谢他的,让我更加自信了。

婚姻,是人生的转折点,背负着两个大家庭的期待。同时,也孕育着一个新家庭的希望。

佳梦和小林最终也并没有在浦东新区民政局领到结婚证,因为区民政局不办跨国婚姻登记,而且他们在新加坡已经合法注册。但是,他们依然在民政局一起宣读了爱的誓言。

我们将共同肩负起婚姻赋予我们的责任和义务:上孝父母,下教子女,互敬互爱,互信互勉,互谅互让,相濡以沫,钟爱一生。今后无论顺境逆境,无论富有贫穷,无论健康疾病,我们都风雨同舟,患难与共,同甘共苦,成为终身的伴侣。

执子之手,与子偕老。
Give me your hand I'll hold,
and live with me till old.

导演**张涛**手记

感恩遇见

  起初拿到选题的时候，就对《结婚》特别感兴趣。因为爱情这话题，对于多愁善感的人来说，永远都是一个细腻而感动的事情。

  初期导演组给《结婚》取了很多名字，比如《我们结婚吧》《婚姻初体验》。但从纪录片的角度来看，《结婚》真的比任何名字都更加直白。

  越是朴实无华的东西，到了落地期，越是毫无方向。

  从纪录片的拍摄方式来说，我们应该从相识、相知、相恋，一直拍到相守。但是《人生第一次》的拍摄周期非常短，我们必须"直入洞房"。

地点：浦东新区民政局

手段：群采

时间：朝九晚五

蹲守 2 日后,我们得出结论——方法傻、凭运气、效果佳。

当时我们一行 4 人,陈婷导演带着一个摄像师采访办完证的小夫妻,我则带着另一个摄像师在物色下一个可能会成为故事人物的拍摄对象。

蹲守 5 日后,我们迎来了一个结婚的好日子,10 月 10 日。

海潮般的领证人员让我们特别兴奋。分头行动后,在登记台,我们守到了一对特别的新人,佳梦和小林。他们的特别之处是——不能领结婚证。

在他们和工作人员的交谈中我们了解到,小林是新加坡华裔,他们在新加坡已经办领过结婚证了,所以根据《中华人民共和国婚姻法》,他们不能重复办证。但是佳梦从小都有一个中式婚礼的梦,掀开红盖头的新郎是个华裔,这本身就是很有趣的场景,况且他们在月底就要举办婚礼了,于是选角成功。

蹲守第 7 日,我们对于婚姻登记处的情况已经非常了解了,也能一眼识别出一对新人的感情状况。比如,这个高挑的女孩儿正为一个小个儿男孩儿拍"艺术照"。正常逻辑来看,这是一个角色互换性家庭,所以我们就厚着脸皮上前采访。

从采访中得知,女孩儿是名英语教师,而男孩儿是知名企业的法务主管。呈现出来的效果是一文一武、一静一动,互补特别完美。再加上完美身高差以及女孩儿那爽朗开明的个性,我们果断地确定了这一对跟拍对象。

我们的纪录片,就在婚姻登记处蹲守 7 日后,正式开拍。

但是开拍后又出现了新的问题——《结婚》主题的纪录片,拍摄的肯定是婚姻中的生活,但因为时间原因,我们无法深入到新人的生活中，以"苍蝇钉墙"的方式记录新人的生活。再加上来办证的小夫妻，其实从求婚，到婚房购置，再到婚庆选择，基本都已经确认，那我们怎么拍摄婚姻前的生活呢？

经过多次沟通后，摄制组决定，只拍摄"结婚"这个动作，记录婚礼前的用心和婚礼时的用情。

徐鹏 & 孙玮

片子里孙玮的爸爸吸粉无数。其实不单单是观众，在拍摄的时候，我也被他对女儿的爱感动得不能自已。

孙玮家庭条件不错，再加上她本身的职业特色，强势是她一直以来的风格。同时，她的自我责任意识也特别强。没事儿的时候我也喜欢看评论区、看弹幕，发现很多人都在关注女孩儿的强势，却没看到成为夫妻后女孩儿的默默付出。

我们摄制组在跟拍她回昆山辞职的时候，一走出校门，这个大大咧咧的女孩儿就哭了，她对着我们说："我舍不得这些孩子。"

她在这里教学了 6 年，生活了 7 年，生活圈子都建立在了昆山。但这次为了徐鹏，她选择离开昆山。孙玮并不知道自己以后的生活会变成什么样，到上海之后的生活会不会不习惯，她只是对我们说，既然她嫁给了徐鹏，那就要跟着徐鹏，不管他去哪里，她都要在徐鹏身边。

本片记录的人物，全是在浦东新区婚姻登记处偶遇，然后通过了解，才决定跟踪拍摄的。可能这些并不能代表婚姻的全部，但《结婚》这集,我们的初衷只想讲述"结婚"这个动作的本身。

婚姻是人生的转折点,成家立业是中国人对于是否长大的一种衡量。最初《人生第一次》选择"结婚"这个主题,就是为了记录中国人的人生节点。而我们想表达的,也是结婚给自己带来的幸福,以及家长看到孩子成长后的喜悦。

导演**陈婷**手记

爱之永恒

这一集很特别,是唯一一集由两位导演共同署名拍摄的。一开始是因为人手不够,但后来发现,即使两个人一起拍,人手还是不够。以至于有一次,我们又请了《上班》那集的詹佳骏导演来救场。当然,后来发现,男女搭配,果然事半功倍。

合作相处了快五个月,让我和张导有了一种哥们儿似的交情。我们都有自己的家庭,在工作最忙碌的时候,我们各自都得到了爱人的支持。这也让我们对《结婚》的很多观念不谋而合——我们并不想渲染爱情,只是想通过真实记录,呈现出爱情自然的样子。

值得感谢的人太多,而对我来说,首先想感谢的,还是片中的几对主角。

我们的故事是从浦东新区婚姻登记处开始的,摄制组守在婚姻登记处整日整日地蹲点、采访,希望能寻到合适的拍摄对象。

一开始,备受打击。有的,不愿意被跟拍;有的,婚礼日子还太久远,比如那对颜值特高的"我就一句话"夫妇;有的,则选择不办婚礼……当很长一段时间下来仍然一无所获的时候,我们的心真是拔凉拔凉的。这种感觉，如同相亲见了无数对象，却依然没遇到投缘的。

可缘分就是妙不可言。几乎是在同一天，我们便确定了这几对新人。就和恋爱一样，在对的时间遇到对的人，走下去。

在选人这一点上，张涛导演独具慧眼，让我非常佩服。当时，除了平日在婚姻登记处正常蹲守之外，我们还特意挑了几个好日子，想着这时候领证的人多，也许成功的概率更高。

看着婚姻登记大厅里坐满的新人，张涛导演扫一眼，就会悄悄地跟我说，那一对，你去沟通一下看看。入他法眼的新人，一般都能聊出点儿花来，当然也包括我们最终确定的新人。

这一期片子里有几个地方的剪辑被网友点赞了，比如开头的一段婚庆快剪，最早是由导演助理家豪操刀的。他在徐州火车站拍摄时不小心露脸出镜，还被网友夸帅了。佳梦父亲和小林对话的那一段，是我们剪辑师笑笑的创意，剪得很带感。谢谢你们的才华和创意。

片子播出当晚，我们收到了佳梦的信息。她说朋友们看了后都觉得意犹未尽，要是再长点儿就好了。说我们拍了一天又一天，剪出来才这么一点点。

浓缩的才是精华呀。就像我们街采其实问了很多问题，比如家里谁管钱，谁做家务，婚姻有让你觉得更幸福吗……这些采访都没被总导演秦博看上，因而没有剪辑进片子里。但却让我们对当下人们的爱情观、家庭观有了更多的了解。

采访的人多了，我们发现，家庭幸福与否，都不用开口，全写在脸上。

　　这里说个小插曲，很多网友都觉得佳梦的中式婚礼很美。其实大约20年前，她参加了母亲好友的孩子的中式婚礼。那时，她就暗自许愿，以后也要办一场这样的婚礼。这一次，她真的找到了20多年前的那个司仪团队，圆了自己的梦想。一个对婚礼如此认真用心的女生，她婚后的生活也一定会花心思过好。现在，我经常在朋友圈看到佳梦晒出一桌好吃的，可惜，小林依然只会当洗碗工，哈哈！

　　在写这篇手记的时候，距离片子播出已经过去一段时间了。前段时间又去网上把这集搜出来看了一遍，里面有好几段画面，几乎要被弹幕盖住了。我想起这集首播当天，美誉度位列美兰德蓝鹰指数纪录片融合传播指数榜第一。我也是因为这部片子，才知道了这个排行榜。

　　我想，不是我们拍得有多好，而是因为爱情是个永恒的话题。

　　"因为爱情，我们还是年轻的模样。"

　　和很多弹幕内容一样，我们衷心祝福所有在片中出现的新人，相濡以沫，钟爱一生。也愿所有看到这部纪录片的单身观众，不管结婚与否，都勇敢去爱。

婚姻
是颗柠檬糖

故事讲述人：
郎月婷

婚姻，是颗柠檬糖。

甜，是糖。有这样一个人，他喜欢你的人，喜欢你的一切，包括你的缺点，他甚至比父母更能包容你。但是难免会酸酸的，因为对于我们中国人来说，绝大部分的结合，不单单是两个人的相伴，更是两个人背后家庭的相融、相处，其间细小琐事，数不胜数。

说起来也挺有趣，我看所有的婚礼都会哭。

我想，我们所选的这个人，并不一定是那个符合所谓标准定义的人。学历怎么样、个头儿高不高、家庭条件好不好……这些并不代表一个人优秀与否。当你选择迈入婚姻的时候，如果初衷不是因为爱，那一切毫无意义。而我们的婚姻，也不只是选择一个人，更是选择了一种生活方式。他可能并不符合你初始设定的条条框框，但他可能特别会生活，性格特别好，待你特别真诚……让你觉得幸福，这才是最难能可贵的。

不要执着于找一个幻想中的人。如果你已经找到了那个携手的人，也请不要过度奢望让他完全变成你幻想中的样子。即便走进婚姻，也要让自己能保持独立地看待伴侣。

相守不易，唯有珍惜。

人潮人海,有人进来,有人离开。

进城

第七篇章

本集导演：张涛

故事讲述人：辛柏青

『我一定要试试。』
I had to try.

引进来

上海,人潮人海,有人进来,有人离开。

这幢民宅的 1302 房间,常年被云南租客租住。每隔三个月,租客就会简单地收拾行李,从这里返回云南。

这个世界上,究竟有多少种工作?很少有人算得清。

但是他们知道,按照《中华人民共和国职业分类大典》上的分类标准,有 1481 个。

他们在上海搜集各种职业的信息,寻找合适、可靠的就业机会,然后带着这些消息回家,去告诉山里面的乡亲们。

在中国，不仅有北京、上海这样的超级城市，还有云南边陲的贫困山区。

会泽县①，国家级贫困县，人均年收入不到 3500 元。秋收之后，这里的农民就没有稳定的收入来源了。

刘增雄，云南省曲靖市驻上海劳务工作站的站长。从上海拉来了一些用工企业，他要一个个村子去跑，动员乡亲们去报名。

广播站：通知，通知！请参加 24 号乡里招聘会的群众，于明天早上 9 点到村委会登记。

刘增雄告诉我们，如果一个家庭有一个人能走出来成功就业的话，他一年的工资收入不会低于 3 万元，那么，这足够支撑他们脱贫了。

刘增雄

---

① 2020 年 11 月 13 日，云南省政府发布《云南省人民政府关于批准镇雄等 9 个县市退出贫困县的通知》，经过县级申请、州市审核、省级核查和第三方实地评估检查、公示等程序，镇雄县、会泽县、屏边县、广南县、澜沧县、宁蒗县、泸水市、福贡县、兰坪县 9 个县、市已达到贫困县退出标准，符合贫困县退出条件，批准退出贫困县。

乡民前来参加乡里的招聘会

乡民在参加远程线上视频招聘

王银花，苗族人，被上海一家家政公司录用了。出发前，她要参加一次专业的培训。

王银花家主要靠种烟叶为生，烟叶一年一收成，能挣5万元。但两个孩子的教育，加上丈夫腿脚不便干不了重活儿，5万元只能维持一家人基本的开销。

这些年王银花种了很多地，很拼，但是收入总没有她预想得好。于是，她寻思着还是要出去试一试。

就王银花想去上海闯荡一番的计划，全家人展开了激烈的讨论。

桂保春（王银花老公）：这个东西只能自己说了算。

王银花：你也别说让我自己考虑，你说就当旅游那样转一转，实在不行了，就坐飞机回来。你就是这样和我说的。

亲友：春哥他不方便说，我直接告诉你，他肯定是不同意你去的，只是他有点儿好面子。

王银花：到时候，我再怎么咬牙也要做三四个月。走着瞧，万一效益好，我一个月拿着……

众人：10多万！（大家笑）

亲友：你的报酬跟你的消费是成正比的。

桂保春：在这里上个厕所走进去就可以出来，在那里（上海）上个厕所都要5元钱。

亲友：还有你要想想，你走掉了，他（王银花老公）这个性格怎么过日子？你要是走掉了，桌子上都得是一层灰。他饭都不会做，你说他带着两个小孩儿怎么过？

王银花（中）

王银花与丈夫及亲友的讨论大会

刘增雄和儿子

刘增雄离开时，女儿放声大哭

亲友：不管你是去上海、去北京，还是去别的什么地方，总归是住在农村，要为了这个家庭好，为了过日子。

亲友：你要为将来考虑，为你下一代考虑啊，主要得为小孩儿考虑。

面对女儿的泣求、家人的劝说……王银花决定，不去上海了。因为，"陪伴最重要"。

另一边，在短暂的小聚之后，刘增雄又要和家人告别了。

这次回云南，他在外面跑了五天，只在家里住了一晚。

刘增雄：瞧瞧爸爸和哥哥哪个高？

妻子：差不多高喽。

刘增雄：你看，他去年去成都的时候，也就一米四八左右，还得买半票。一年了，现在长得有我高了，到明年就要比我高出那么多了。明年就是你带我出去玩，不是我带你出去玩了。

因为爸爸很快就要离家，舍不得分别的小女儿一直哭闹不停，在妈妈的背上不停地哭着喊着"爸爸不要走"。刘增雄最后抱了一下女儿，扭过头，快步离开。

刘增雄说自己已经很多年不曾流泪，但每次看到孩子这样就会受不了。他也舍不得，但没办法。

"我都不敢看她，我知道她在车的旁边。"

走出去

很多人，听到远方招工的消息，第一次走出大山，去往上海这样的大城市，打工挣钱。

出发当天，刘增雄在火车站引导着这些第一次走出来的乡民们。

刘增雄：到上海，马龙、会泽的带好东西，下到一楼来。
刘增雄：戴红帽子的往前面走。
刘增雄：大家跟着我往这边走，后面的排成两列。好，25个人齐了。到了上海就要记住，见不到天的地方，就不能抽烟；过马路一定要注意红绿灯；还有一个就是垃圾分类，在上海垃圾分成四种，执行得很严格。当然这个很简单，到了上海以后会有人教你们，你们也不要急，但是要有垃圾分类的意识。等下上车以后，你们要注意，上厕所的时候，如果厕所门推不开，就说明里面有人；如果能进去，进去以后要记得把门闩插过来，不然你们上厕所的时候有人进来，那就尴尬了。车上的开水间在车厢中间，开水是免费的，你们要泡方便面可以直接去开水间泡。大家要注意安全。

那天，我们还是看到了王银花。
亲友们都告诉她"出来了家就散了""去打工就是放弃了对孩子的管教"……她想了一整夜，依然觉得，必须要出来试试。

曲靖市 火车站

这辆火车，承载的不仅仅是从这头到那头的里程，同时也承载了，这群鼓起勇气走出大山"进城"的人们和他们对未来生活的美好憧憬。

22 个站，34 个小时，2300 公里，上海到了。

初来上海的王银花进到了养老院，简单地介绍过自己后，就开始了在这里的工作学习。尽管在曲靖接受了四天的家政培训，但在陌生的环境中，王银花依然无所适从。

离开大山的王银花本来以为"只要能挣钱，什么苦我都吃得了"，但来到这里才发现，想要赚钱，远不是体力活儿这么简单。听不懂上海话，记不住拗口的名字，没有一技之长……来到城市里的她，只能边做边学。

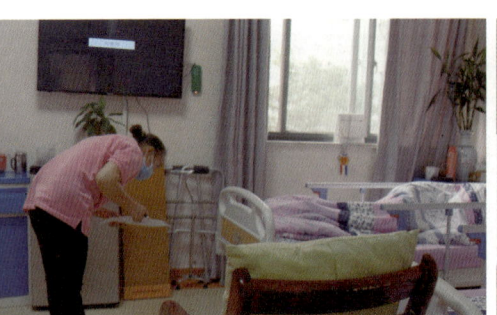 

王银花正在一个病床一个病床地记名字

王银花：我看看这个，7号床。
王银花：张瑞……女，56岁，失智失明。她叫什么名字？张瑞……
护工：张瑞禧。
王银花：这个名字太难记了。张瑞……张瑞禧，56岁，失智失明。
王银花：张瑞禧，张慧英，陈玉晴，霍雪莉。
王银花：这个93岁，叫陈玉晴。
王银花：93岁，陈玉晴，93岁，两个都是93岁。
……

这边，王银花正在努力学习和融入新的环境。另一边，在回上海的第二天，刘增雄便开始为下一批务工者去寻找工作了。

刘增雄要帮助的，有一部分是大龄劳动力，还有一部分是文盲，这些本就属于就业困难人员，在寻找就业机会的路上也困难重重。但他依然马不停蹄地奔波在不同的企业和工厂之间，因为他深知，

第七篇章・进城

对于这些在大山里待了太久的乡民来说,"敢出来,走出这一步,挺不容易的"。

一放假,王银花就跑了出来,她要看一看外滩。

站在江边,她拨通了与女儿的视频电话。她举着手机将眼前的夜景向女儿一一展示,电话那头传来孩子兴奋的呼喊:"漂亮呀,漂亮呀!太漂亮了,真的好漂亮呀!"

第一次得见外滩风光的女儿,不知道如何形容眼前的美景,只能大声地、一遍一遍地赞叹着"漂亮"。

2019年,云南省完成新增农村劳动力转移112万人。

2020年,中国现行标准下9899万农村贫困人口全部脱贫,832个贫困县全部摘帽。

此刻，上海外滩的斑斓夜色在大山孩子的心里埋下了向往；希望多年以后，他们都能亲手推开这个世界的门。

一趟开往梦想的火车。
一艘承载未来的大船。

A train that heads for the dreams.
A ship that carries the future of life.

导演**张涛**手记

不一样的未来

《人生第一次》纪录片从开拍到收官，网络上的讨论发酵不断，片中出现的所有人物，其实背后都有自己的故事。

《进城》中其他人物的故事

2019年9月中旬，我们在云南省曲靖市会泽县山上山下地跑了一个多星期，其中在巴图村待了3天。那是一个在半山腰中的为数不多的平地，整个村子人均年收入都不到3500元。

虽然巴图村到会泽县直线距离只有40公里，但开车要4个小时。全程的盘山公路，每天只有一趟车可以来回，每次车费要100元/人，来回就是200元，这对于这里的村民来说是笔巨款。村里没有大型医院，所以除了配药，村民都不敢随意进县城。

另外，由于巴图村地势的原因，这里几乎没有平地可以种植庄稼，村民便依靠上山采菌子和外出打散工过活。这次有3家村民想出门打工，所以我们就跟着刘增雄来到了这里。

徐永耀夫妇，女儿嫁去了昆明，现在怀孕了，老两口儿想出门打工，之后带点儿钱去昆明照顾女儿。他们对我说："原本每天去后山采点儿菌菇卖给商人，或是去村口做点儿苦力，也够平时生活。但现在孙子要出生了，我们特别想去昆明照顾孩子。女儿家也过得很难，我们不想变成他们的负担。所以在体力允许的情况下，我们想进城多赚点儿钱，以后让女儿过上幸福的生活。"他们算了笔账，两个人每月工资加一块儿可以拿一万多元，而他们每月开销不到一千元，这样存上三年，就能给女儿囤一大笔钱。

徐正岗，本是一个留守儿童。母亲得了严重的心脏病，每三个月就要去县里配上千元的药，而这笔钱对于生活在巴图村的他来说是笔巨款。徐正岗说："我的愿望是能找到我爸爸，也希望我妈妈能一直吃得起药，好好活着。"

徐永建，29岁的大小伙儿。第一次出去打工的时候，被黑心中介商骗进了传销组织。他不愿意骗人，就被组织关了起来。某次机会他逃了出来，当时身上没有钱，也没有手机，只穿了一双拖鞋，在公路上走了三天三夜。他告诉我："当时肚子很饿，感觉自己要死了，还和狗抢东西吃。一路上打了无数次工，不要工钱，只求一口饭吃。这样的生活维持了一个多月，也不知道走了多少的路。最后碰到一个老乡，借了点儿钱，才回了家。"他的愿望只有一个:"娶个媳妇,然后对她好。"

而和王银花的初次见面,是在家政技能培训班上。她原本生活在昆明寻甸塘子钟灵山,23岁都没有结婚。23岁对于山里人来说,已经超出了适嫁年龄,家里帮她介绍了远在曲靖的丈夫桂保春。两人的家四面环山,只能靠种烟叶维生,家庭收入极为薄弱,出去打工便成了她的一个梦想。

"女性"是我们会选择王银花作为观察对象的理由。

片中的刘增雄站长告诉我们,越贫穷的地方,女性的被关注度就越低,她们被视为低劳动力。而刘站长原本在曲靖市的人力资源和社会保障局工作,每天处理着农民工外出打工遇到的实际困难。

在这种岗位上时间长了,他能深刻地理解乡亲们对于走出大山的犹豫。所以现在作为曲靖市驻上海劳务工作站站长的他,更加身体力行地为乡亲们联系寻找着靠谱的工作机会,想帮助他们尽快脱贫。

出发去上海的当天,王银花悄悄地发了信息给我,告诉我这是她第一次出省。在火车上,她拉着我不断地问着上海的种种事情。从她的眼神中我能感受到她的忐忑与不安。30多个小时的硬座,坐得我有点儿直不起腰,让我更能感受到这些进城务工人员的不易。

我们在王银花工作的养老院蹲守拍摄了一周。两个摄像师加上我,每人1个小时轮班,不停歇地记录着王银花改变的点点滴滴,最后才真实地还原出片子里王银花手足无措让人触动的场景。

进入大城市后的王银花非常努力地学习着、融入着,但有一个细节让我有点儿难受——王银花的手机背面永远夹着的一张身份证。在我看来,这是她唯一能保护的东西——有了手机和身份证,她才能保住回家的最后一条路。

在中国边陲的乡村里,有着很多类似经历的务工者,一方面他们想凭借自己的体力改变自己的生活;另一方面,也凭着仅有的毅力,向自己的梦想挪步。

后续我们了解到,在我们拍摄结束不久后,王银花就离开了养老院。她在常州的一家工厂谋取了一份对她来说更得心应手的工作。就如她在片中所说:"不管怎么样都要坚持试一试。"

春节前她回了老家,目前正在家中陪伴着爱人与孩子。待疫情过去,将家中的烟叶收好,王银花便会继续进城打拼、奋斗。为家、为自己,更为了能给女儿一个与自己不一样的未来。

抉择

故事讲述人：辛柏青

其实我挺幸运的,从小在北京长大,所以没有过漂泊的经历。

但是"北漂"一族,我接触过不少。而这个片子,更让人窥见了很多不可说的矛盾与纠结。

一方面,为了能多挣一些钱补贴家用,他们要外出打工,这样才能让自己家里的生活过得更好一些;但同时,这个家也就不再是一个完整的家了——没有了父母的陪伴,孩子失去了家庭最基础、最朴实的呵护。

务农还是打工?留下来还是走出去?

太难有一个明确的答案。

最难得的勇气,是思想的勇气,是抉择的勇气。

也许,想要"进城"的农村妈妈的艰难抉择每一天都在发生,在她们身上,可以看到无数平凡人扛起生活的模样。

我相信那些选择了"走出去"的人,是为了让孩子能更好地走出去。正如片中的王银花,她已经看到了一个不一样的世界,也给自己的孩子展示了另一种视角和人生的可能。

希望千千万万的"王银花"们,能无悔抉择,闯出更广阔的一片天地!

贫困地区人员就业现状

贫困劳动力转移输出就业组织难

农村劳动力存在着在就业方面思想较为落后、能力不足等各类问题。特别是贫困人口,更是存在着适应能力差、不富也安的现象。部分贫困劳动力认为自己缺乏就业经验,缺乏就业能力,缺乏自主脱贫的意识,希望依靠政府的救济勉强满足温饱;有的不愿意转移就业,存在"等、靠、要"思想;有的缺乏勇气,不敢外出转移就业;家有老、弱、病、残家庭成员需要照顾或自身老、弱、病、残的贫困劳动力客观上也难以转移就业。

贫困劳动力培训组织难、培训针对性不强

农村劳动力接受教育机会少;就业能力低;主动获取技能的意识不强;主动参加培训的积极性不高;不愿学、怕学

等畏难情绪严重；培训后促进就业的效果并不理想。加之，由于基本上依靠基层公共就业服务机构摸底和培训机构宣传动员，农村劳动力培训意愿采集难度大，培训针对性不强，促进就业的作用发挥得不明显，很多贫困劳动力仍存在无技能和低技能的问题。

转移就业稳定性不够

当前，虽然我市农村劳动力外出务工人员众多，但其就业能力和产业仍然处于低端层级。大部分依靠亲朋介绍上岗，缺乏岗前咨询和培训过程，就业集中在收入较低、工作任务较繁重的行业和工作环境。全市农村贫困劳动力的素质还处于一个较低水平，缺乏技能支撑仍然是劳动力转移就业最大的制约瓶颈。无一技之长，从市驻"长三角""珠三角"劳务工作站招用信息平台上招用工信息反馈，相当一部分农村劳动力无法上岗，只能"望岗兴叹"或从事繁重体力劳动，往往成为首先"被回流"的主要群体。

本地产业吸纳就业不足

曲靖市二三产业还不够发达，当地工业发展水平不高，企业规模不够大、不够好、效率低，能够吸纳的农村劳动力人口数量有限。而且不同地区经济发展情况不同，易地扶贫搬迁，特别是会泽县组织进城贫困家庭劳动力要实现充分就业、稳定就业目标存在较大困难。

妇女群体就业创业生存难

农村妇女总体受教育程度较低，文化程度偏低，大部分是初中以下文化程度，这造成了农村妇女知识和能力的欠缺。部分女性就业思想观念陈旧，认为只有在大型企业上班才算就业，认为到宾馆当保洁员、在社区做清洁工、搞家政服务没有面子，不愿意从事这类职业，导致部分妇女通过培训取得相应的职业资格证书后，具备了相应的专业能力而不从事这类行业。

曲靖市劳动就业管理服务中心主任　单祖伦

精准扶贫

自从 2013 年，习近平总书记提出精准扶贫这一概念以来，他在多次调研中就精准扶贫问题发表了一系列重要论述，这些论述对精准扶贫进行了全面深刻的阐述，形成了一个科学的理论体系。

习总书记的精准扶贫思想，不仅丰富和完善了贫困理论，而且对于推进国家精准扶贫战略实施意义深远。

全面建成小康社会是未来 5 年经济社会建设的主要目标，既然是全面建成小康社会，就不能有大量的贫困人口。我们国家的扶贫工作取得了举世瞩目的成就，但目前仍有一些问题需要我们去解决。

过去，贫困人口在空间上相对集中，进行扶贫时可以通过确定重点贫困县，将有关资源向这些贫困县集中，通过促进贫困地区的发展，让更多的贫困人口脱贫致富。但随着扶贫工作的开展，贫困地区也有富裕的农户，而发达地区也有贫困农户。

此时，以县和乡镇为瞄准机制进行的扶贫已经不能满足2020年全国消除贫困的要求。只有精准识别出贫困农户，精准帮扶之后，才能完成全面建成小康社会的宏伟目标。

云南省属于经济欠发达地区，贫困人口多，地域分布广，特别在曲靖市，共有5个贫困县，贫困人口在80万以上。在曲靖市委、市政府的正确领导下，截至2020年12月1日，全市现有建档立卡对象219，493户827，263人，全部脱贫。

曲靖市人力资源和社会保障局局长　荀建所

精准扶贫脱贫攻坚行动计划

曲靖市人力资源和社会保障局为贯彻落实农村劳动力转移输出就业扶贫行动目标任务制订了具体的实施方案，成立了农村劳动力转移扶贫办公室，做到市、县、乡、村主要领导带头抓。

市人力资源和社会保障局依据市委、市政府印发3项行业扶贫脱贫攻坚行动计划，制订工作计划，明确工作目标，采取有效措施组织农村劳动力转移就业：每年春节后按照省人力资源和社会保障厅要求开展"春风行动""农村劳动力转移就业百日行动""秋季农村劳动力转移就业专项行动"等活动组织农村劳动力转移就业；确保"转移就业1人，脱贫致富1户"的工作目标；同时出台相关奖补措施，积极发动村委会、劳务经纪人、人力资源公司组织农村劳动力外出务工;对农村劳动力转移就业进行摸底调查,做到务工人员信息清、务工单位地点清、务工人员电话号码清"三清",并做到适时更新务工人员信息。

曲靖市人力资源和社会保障局副局长 高明生

我想有个家，一个不需要多大的地方。

买房

第八篇章

本集导演：黄旭晨

故事讲述人：王仁君

「饺子吃得再多，没有房，照样冻耳朵。」
No matter how many dumplings she's had, without a home of her own, it would still be cold.

在南非的纳米比亚平原上，有一种鸟，叫群织雀。它们可以在树上搭建长 7.5 米、深度为 3.6 米的鸟巢。它就像一个"公寓楼"，有 100 多个"单间"，几百只鸟住在里面。

在大洋洲，雄性园丁鸟在求偶时，会在林中穿梭寻找一块"宅基地"，用来搭建"婚房"，并且还要"精装修"，用来博取雌鸟的青睐。

而海洋里的寄居蟹，一辈子都在做一件事儿：置换它们的"房产"。为了抢到一个面积大的"房子"，它们经常要大打出手。

当然，有些物种天生就有"房子"，比如蜗牛、海螺。但它们就这样一直背着，也有代价——走路很慢很慢。

房子啊，房子。为之苦恼和快乐的动物，还有人类。

中介：有一个 159.7 平方米、1580 万元的房子。
中介：上次看的那个房子您觉得怎么样？
中介：纯商品社区，现在报价 490 万元。
中介：二里庄那边。
中介：110 平方米。
中介：现在报价 459 万元。
中介：一个月以后？行，那到时候我再和您联系。
……

房子，是他们的生计。

第八篇章 · 买房

买房者：一个朝东的一个朝北的。

买房者：那这个是内保温还是外保温？

买房者：144万元是裸首付？

买房者：客厅没有阳台吗？

买房者：首付也是35%，是吧？

买房者：厅有点儿暗。

……

房子，是他们的生活。

闫晶，27岁，黑龙江人。研究生毕业后，她在北京某教育机构做英语老师。准备买套房的她，开始了自己的看房之旅。

闫晶：这户是朝北的。

中介：对，都是北向的。

闫晶：这里感觉还不是那么闹。

中介：这个价格是289万元。

闫晶：承重墙是哪个？这个墙打不了的话，客厅空间也就那么大了。

中介：下面就是地铁站，出行比较方便。

闫晶：就是比较阴。要是能再加点儿钱，朝南向的我觉得也可以。

中介：确定吗？

闫晶：确定，不过那得看加多少，加太多也不行。

中介：那我给你找一下。

第一套不满意。

中介：这个房子可以在这个位置加一道防火门；也可以做一些简单的优化，觉得哪个房间太小或太大，都可以改一改。这房间的优势就是方正。

闫晶：就是现在没有给我一种特别开心的感觉。

中介：现在没有装修啊，如果带你去看二楼那套装修得特别好的，你可能就会觉得非常好，卖相好嘛。

第二套不开心。

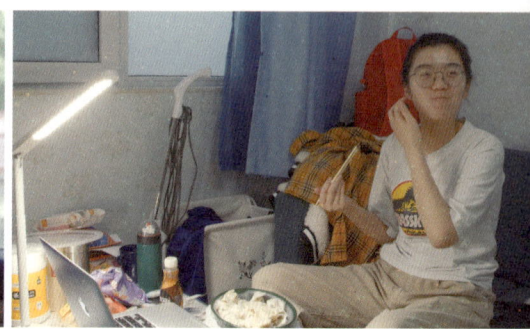

闫晶

最终闫晶决定，一定要买个南向的房子。

一居室，每月贷款 1 万元以内，房子朝南，这是闫晶买房的全部条件。

夜晚，闫晶回到自己的出租屋开始备课、工作。

北京五环外，闫晶的出租房，16 平方米，一个月 3600 元。周末看完房，她还要在网上给学生辅导功课。

闫晶告诉我们，她最累的时候，曾经连续八天，每天坐在这个小椅子上八个小时，一个假期下来，富贵包都出来了。并且因为要不停地说话，忙得没有时间吃饭。

她调侃地说："人在什么时候吃饭才最开心——刚赚完钱的时候！这满足感！"

买套房，就像给人生穿上了一套盔甲。

有时候闫晶也会觉得，这套盔甲好沉啊，使她走得很慢、很重。但穿上盔甲的人生会拥有分量感，这比漂着强。

闫晶：我为什么会对房子很痴迷呢，是一定要在这儿住吗？也不一定。但是它会给你一种踏实的感觉。就是你会觉得在一个差不多的地方，安个家，这样你就有后盾了。也不一定非得住在里边，但这东西，它是你的。

我们的摄影师是北京人，听了闫晶的这段话，拍摄时不怎么说话的他，这次忍不住感慨起来："她说的，第一很接地气，第二她说出了所有北漂想说或者没有人愿意听的话。"

摄影师：我们是属于从小在北京长大的，整个世界观的形成都依附于这座城市。但您是北漂，是来北京工作的，所以其实您对这座城市没有什么安全感。但就像您妈妈说的，买了房，在北京就有一个窝了。

闫晶：进可攻，退可守。

闫晶喜欢吃饺子，结束拍摄前，她和我们说："饺子吃得再多，没有房，照样冻耳朵。"

黄昆仑，河南商丘人，来北京六年了。温亚龙是他服务了一个多月的客户。今天，温亚龙终于看中了一套房。

这是黄昆仑12月份的第一笔单。这套房卖家开价425万元，如果谈判成功，中介费11万元，黄昆仑能拿到将近2万元的提成。

他想要获得成功。

黄昆仑

第一轮谈判

温亚龙：他的意思是，如果周期越短的话，价格会往下降吗？

黄昆仑：对。

温亚龙：那就先按8个月算吧。

业主：只能按6个月算。

黄昆仑：能拿出多少定金？

温亚龙：10万元。

业主：这个数都没达到，我估计也没法儿聊了。

温亚龙：这半年可以让他租，一个月8000元。

业主：他可以进来住，把租金给我。

温亚龙妈妈：但现在关键是，这套房子卖不出去，拿不出这笔钱来。

温亚龙爸爸：试试吧。

业主：肯定不行。

温亚龙：压力非常大。

业主：都有压力。

温亚龙：我们已经把底儿全部都交了。

业主：我们的底价就是这个。

温亚龙想要买房，除了结婚多年还跟父母挤在71平方米的房子里外，还有一个更迫切的原因——他的爱人怀孕了，目前的居住空间已经不够。房子，成了他的刚需。

卖方要价425万元，买方开价400万元。

中介，中介，就是站在中间，把双方往中间拉。

第二轮谈判

黄昆仑：关键还是价格，418万元，他不肯松口。

温亚龙：那就没变。

黄昆仑：实在不行，从收到尾款到现在时间还挺长的，你可以往外租一段时间。

温亚龙：在腾房时间这块儿还要不要给他让一让？就让他租。

温亚龙妈妈：不能再让了，那你卖完房子我们去哪里住？

温亚龙：那就加到10个月。

黄昆仑：是这样的，哥。今天您加到410万元，我们才有的谈，要不然根本就没的谈了。

温亚龙爸爸：那根本就谈不成。

温亚龙：什么都别说了，最后到408万元就完事了。成就成，不成就算了。因为我们确实已经尽了最大的力了。

黄昆仑：可以10个月后再腾房，10个月您5万元还租不到吗？418万元能减去这5万吗？413万元。

业主：418万还减5万。

黄昆仑：就是把这个租金给算上。

业主：我要是有这一年或者10个月的时间，其实我还有别人来看房的余地，我还有其他客户。

黄昆仑：按我的预期，客户如果能出到410万元，我个人觉得还是比较理想的。

业主：他一直说我没有降，我往下降到412万元，那就差4万元。他其实再往这上面靠，就是417万元再减5万元。

黄昆仑：那您现在是？

业主：412万元。

420万元到418万元到412万元。
400万元到403万元到408万元。
差距只有4万元了，买卖双方终于决定见面了。

温亚龙（中）

业主（中）

最终谈判

业主：咱们可以想办法把这个价格往上凑。因为我要承担一个18万元的出让金的费用。按我理想的情况是，明天就能租出去，6000元一个月，10个月的时间就是6万元。

温亚龙：您这房子是好，但是我有自身的一些情况。我们几乎是举三家之力，包括我父母，我爱人父母，把能凑的钱全都凑出来了。而且我爱人年底要生孩子，就各种杂七杂八要用钱，我不可能手里一毛钱不留，这也不太现实。

业主：那就看年前能不能双喜临门了是吗？

黄昆仑：你俩就相当于给孩子包红包了。

这一轮的博弈没有结果，继续下一轮。

业主：您这到时候肯定还得重新装修。

温亚龙：对，所以说现在我连装修的钱都没有。现在我都还没考虑装修的事儿。

业主：有孩子至少两三年之内是装修不了的。

温亚龙：这以后也是个问题。

业主：装修质量上肯定是没什么问题了，因为我自己就是做装修的，都是自己的工人干的。

这一轮，达成了一些共识。

业主：您现在还有一个困难，是首付这块是吧？定金？

温亚龙：对。因为现在手里真的没有富余的钱。

业主：对我来说，定金这件事情其实好解决。比如说您可以留着这些钱，或者晚一段时间我觉得也可以。这样的话，如果您孩子出生也可以用。

又靠近了一步。

温亚龙：我理解您的意思，但是依实际情况来看，这个定金，它也在我买房的总的钱里面。就是现在我总额不够，我现在的总额达不到您的预期，所以说这定金我交多少都没意义了。

又回到了原点，温亚龙为了未出生的孩子，拼尽了全力。

黄昆仑：确实，两方都在努力靠近。哥您确实让了很多，客户这边也确实加了很多，我们也都在做让步。现在面临一个现实的问题。

温亚龙：现在没地方能再找来钱了。

温亚龙妈妈：4万元对他们来说是小半年的工资。

温亚龙：该借的都借过了。也知道您这儿有难处，但是我这边现在不包括我父母那儿借的，已经向其他亲戚借了30万元了。

温亚龙爸爸：加上商贷，加上公积金。

温亚龙：一分都不留的。

业主：所以说，我不是让您在现在这个规定时间内把这笔钱凑上。已经是底价了，真的不能再降了。我们只能给您想办法，把这个钱往后挪一下。

　　黄昆仑：就是过完户 3 到 6 个月再把这个钱给补上。

　　业主：对我们来说总价肯定是不能再降了。

　　业主：我们已经很掏心掏肺地表态了，人家也确实有难处。

　　温亚龙：真的，能不能考虑考虑？

　　业主：我们再商量一下。

还差 2 万元。
这次的买房谈判，没有成功。
黄昆仑，失败了。

　　一开始碰到这种情况黄昆仑都会觉得很可惜，毕竟带客户看房，看个十几、二十套的情况很常见。没谈成，就说明之前付出的所有努力化为乌有。

　　但在这个行业做的时间长了以后，他已经觉得习以为常了。

　　终于，闫晶碰上了喜欢的房子。她马上化身为出镜记者，向远方的爸妈做起了现场直播。

　　闫晶：妈，我在看房子呢，让你看一眼，就是之前说的那个。

　　闫晶妈妈：多大面积的？

　　黄昆仑：59.5 平方米。

　　闫晶：这是朝南的。

　　闫晶妈妈：买或不买，这个主意你自己来拿。

闫晶和父母

　　看完房后,闫晶回了一趟老家。买房对她来说,并不是一个人就可以完成的事情,她需要父母的帮助。

　　对于买房这件事,闫晶和她对象的父母都全力支持。两家老人决定一家拿出 100 万元,让小两口贷款 90 万元,这样,两个年轻人在北京也算能有个家了。

黄昆仑在为房东清理房间

黄昆仑：房屋的总层数是6层，其中地上6层，地下0层，所在层数为3层，建筑面积为59.96平方米，所属行政区为昌平区，成交价格296万元。您在这边签字，签完字之后，这套房子合同算是正式成立，过完户之后就属于您了。

闫晶终于下定了决心，在北京买房了。

2020年年初的这场新冠肺炎疫情，让各行各业都受到了严重的冲击。需要和客户建立联系的房屋中介市场，一房难卖。

这段时间，黄昆仑比房东还要操心房子。他拿着去污装备，亲自去客户的家里为他们清理房间。他相信只要自己对业主好，他们卖房子的时候就会想到他。因此，防疫期间，他还主动帮业主收起了快递。

房子卖不出去，房东还可以等；但他等不起，他要在北京活下去。

虽然初到北京时对房子的狂热渴望已经退去，但黄昆仑依然希望可以靠着自己的努力，能在工作的第十个年头，买套属于自己的房子，在北京安个家。

而买完房之后，闫晶就辞职了。穿上了盔甲的她，终于敢对人生做出选择了。

新的一年开始了，温亚龙有了一个女儿。他的奋斗，有了新的动力。

温亚龙：我女儿的名字叫温暖，温暖人心的温暖。

房子啊，房子。

人们继续为它，苦恼着，快乐着。

我想有个家，一个不需要多大的地方。
I want to have a home, a place that needn't be too big.

导演**黄旭晨**手记

闹红尘

2019年夏天,在第一次《人生第一次》选题会议时,我接了"买房"这个主题。对于当时的我来说,有点儿懵。对于一个90后来说,我一直认为房子这一主题离我还很远很远。虽然当时我的家里也在进行换房这一"人生大事",但是相关的事宜也都是我父母去操办的。因此正式拍摄前,我向我爸请教了诸多房产相关的事宜,得到了"老法师"的指导,我顿时感觉信心满满。

天真的我来到北京正式拍摄后,发现想象与现实差得太多太多。

拍摄买房的第一步,就是要融入一个家庭。而仅仅这第一步,我就被挡在了门外。鉴于"买房"这一主题所涉及中国家庭的方方面面,经济、人情、隐私……这些最想被买房者掩盖的问题,却是我在纪录片中最想呈现的。因此想要融入一个家庭,实在太难。

拍摄过程中,拍摄对象需要与摄制组建立足够的信任。但是买房涉及的社会因素,让拍摄对象们对摄制组树起了"心之壁"。

拍摄过程一度停滞不前，直到我们遇到了闫晶。她的开朗和豁达，让摄制组第一次有了收获。随着持续地跟踪拍摄，我笃定这就是我想在片中展示的力量、希望。

而与温先生的相识，是在一个神奇的下午。我在中介门店里遛弯的时候遇到了他。无巧不成书，我们记录下了温先生谈判的全过程。那一天，摄制组第一次拍满了所有的内存卡。他的失意和坚持，也在片中有所呈现。

黄昆仑经理，他十分巧合地存在于闫晶和温先生的"故事线"中。这个世界上不存在没有故事的人，而黄经理的故事确实让人动容。他那质朴的外表下，是我们每个人都有的向往理想生活的渴盼与萤火。

创作是一个表达自我的过程，所以《买房》的故事在我看来，一点儿也不"买房"。我不想讲述一个人买房最后成功或失败的故事，我更想去讲述在买房这个行为背后，人们到底有何得失。

对于现代的中国年轻人来说，他们很难集聚大量的财富，所以父母往往用尽一生的积蓄来帮助年轻人买一套房。这一压力让很多"有理想"的年轻人在买房这一事情上止步不前。因为他们羞于在这件事上和父母开口，避而不谈自己在社会上的生活。

实际上，有多少年轻人真的如表面上展现的那么光鲜亮丽？而闫晶在这一点上很"真"。在拍摄她回家的那段戏时，她和自己的父母从来不避讳经济问题。

我想，对于很多人来说，房子不再是一个地方、一个住所，它是每个人的经历所结下的果，是未来值得自豪的证明，也是追求更优质生活的期盼。

这大概也是我心目中，我们这辈人对于房子的理解。

扎根

故事讲述人：王仁君

第八篇章·买房

在中国，房子已经承载了太多它本身以外的东西：家庭、责任、筹码……认真想想，可能终究是为了"扎根"而已。

拥有一套房子，仿佛拥有了一个坚强的后盾；拥有了自己的房子，也意味着对自己的人生有了更多的选择权。

我想，这是最真实的、普通人的买房图鉴。

在这偌大的城市里，每个人都想拥有一处属于自己的容身之地。这注定不是易事，望所有人，即便风雨兼程，也仍旧心怀希望与勇气。

人生无常，最幸福的事，莫过于与家人一起，平平安安地吃顿饭。

相守

第九篇章

本集导演：黄远

故事讲述人：寇振海

「不管发生什么事，反正吃饱了就行了。」
No matter what happens, a square meal first.

我问你,这个世界上,最动听的一句话是什么?
不,不是我爱你。
而是,你的肿瘤是良性的。

医生:这个是良性的肿瘤。
患者家属:(告诉患者)你的是好的!
患者:把我吓了一跳!
患者家属:(开心)走了,回家!
患者:走了之后,就不要回头了。

2019年,国家癌症中心发布最新癌症统计数据:中国每年新发恶性肿瘤约392.9万例,死亡约233.8万例,平均每天超过1万人确诊癌症,每分钟就有7.5个人被确诊。

我再问你,一个人上午被确诊为癌症,中午他会干吗呢?
当然是吃饭。

江西南昌有这样一个厨房:自备食材,炒一个菜一元钱,炖个汤两块五,热米饭一元钱一盒——锅碗瓢盆水电煤费,全算里面。
熊阿姨是这个厨房的主人。一起在这里做饭的,都是癌症患者或者他们的家属。

老万和熊阿姨的店就挨着江西省肿瘤医院。
18年前,老万刚炸完油条,一个癌症病人家属过来问他:"能不能借个火,想给病人炒个菜。"后来,借火的人越来越多,大家

第九篇章・相守

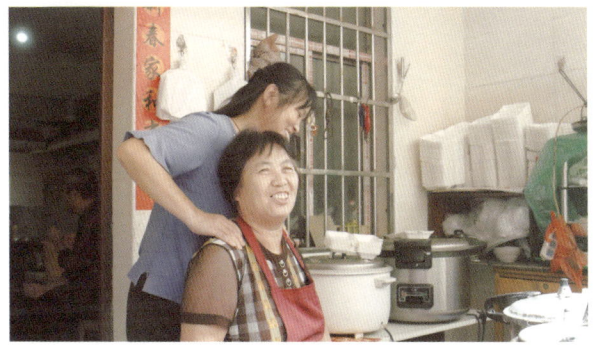

熊阿姨（右）

老万

亲切地称这里为"抗癌厨房"。

面对这些癌症患者,熊阿姨说得最多的一句话就是:"不要想那么多,先吃好这顿饭再说。"

熊阿姨:我开厨房十几年了,有钱都没用。
家属:活一天算一天。
熊阿姨:还不是过一天算一天,想那么多干吗?
家属:活不了死掉好了。
熊阿姨:人终究有一死的,今天过一天,开心一天,保住一天。

凌晨四点,老万就出摊了,再过一会儿,就要有人来打稀饭了。老万和妻子熊庚香,在这儿干了快 20 年了。一年前,他们早上还炸油条,今年不做了。

但"抗癌厨房"这件事儿,老两口儿坚持了 13 年,今年还在干。

小声嘀咕,大步向前

家属:你照顾谁呀?

老夏:照顾谁?照顾老太婆。

家属:那蛮好的,这个时候老来伴,真的要这样的。

老夏:6年时间了,你不要说有钱了,即便有金山都会把你搞倒了。

家属:什么病?

老夏:脑袋进水了。人家说脑袋进水了,她就真是脑袋进水了。

这是老夏,厨房的常客。

护士给老夏的爱人曾京飞打药的时候,不小心弄疼了她,她轻呼出声,惊得老夏一直让护士"温柔一点儿"。

打完针,曾京飞躺在床上,连连叹气。

老夏陪在旁边,大大咧咧地说道:"唉什么唉!我老婆是最棒的!"说罢还比了个大拇指。

这让曾京飞破涕为笑。

2015年,妻子曾京飞被查出宫颈癌;隔年,癌细胞脑转移;2018年,因脑部水肿压迫神经,老伴儿失去了行动能力,瘫痪在床。

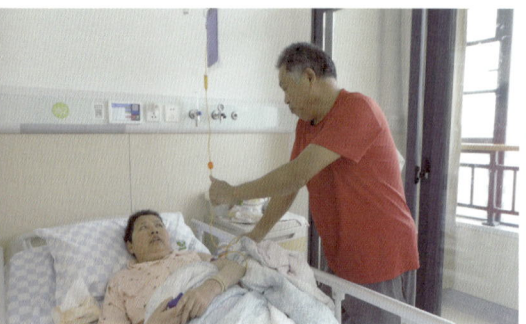
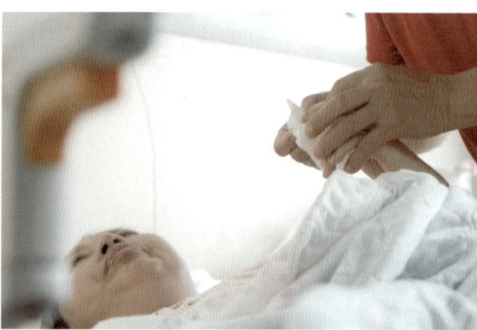

老夏在为老伴儿细心擦拭

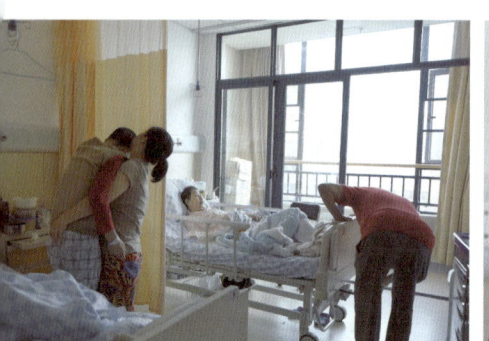

老夏妻子同房的病友

老夏：搞"死"我了，一个中午最多睡20分钟。睡一下还算好，不然头痛。又没有觉睡，又没有胃口——我说你再这样搞我，我都要受不了了，一点儿都不睡怎么行。晚上没有睡好，白天我想休息一下，她一直哼哼，估计是哪里不舒服，但是她又说不出来。

嘴上抱怨，手中温柔。
老夏能做的，就是尽可能让老伴儿舒服一点儿。

与老夏妻子同病房的,是结识了多年的病友。

病友妻子:(对老夏)那时候你老婆还会走路,我这个(指老公)一生病就不会走路,就瘫痪了。以前我胳膊很细的,现在膀子练得跟男人一样,你看现在我这个肌肉,练得是膀大腰圆。

对抗癌症,就像一场长跑,它损耗着一个家庭的精力。

病友妻子:(哽咽抽泣)说不下去,反正就这样慢慢会好的,不要紧。

病友妻子:日子就这样慢慢过,难过,难过也总要过的,多难也要过。

老夏今天要做鲈鱼豆腐汤,这是他为数不多的拿手菜。
煮好今天的饭,老夏来找熊阿姨打盒饭。

老夏:做好了,老太婆打饭,要四份饭。
老夏:老太婆说我老婆怎么还吃得了这么多饭,我说我老婆再活十年一点儿问题都没有!
熊阿姨:你老婆人好、心好。
老夏:对,有我这坚强的后盾在这里伺候她,肯定再活十年没问题!
老夏:搞定了,走了,明天再来。

关关难过,关关过。
反正就这样,慢慢会好的。

长大后,换我来照顾你

张海萍,第一次来厨房。

一年前,她的母亲查出子宫癌,几个月后,癌细胞转移了。她说以前都是妈妈和老公照顾自己,现在要换自己照顾妈妈了。

持续化疗,人嘴里都变得苦了。张海萍想烧个菜,让妈妈尝尝女儿的心意。

从未下过厨的张海萍搞不清楚先放肉还是先下菜;热锅里不停迸溅的油点子也吓得她不知所措。

最后还是热心的患者家属帮她掌勺一起完成了这一餐。

张海萍:好像淡了。

张海萍妈妈:从来都没有吃过你做的。

张海萍:我妈可怜。

张海萍妈妈:我觉得自己不可怜。

张海萍:我妈带大我们三个很不容易的,所以我们才这样尽心地照顾我妈,我跟我妈说先苦后甜。

见多了无常,越发觉得幸福就是平平安安,一家人坐在一起吃顿饭。

张海萍和妈妈

相爱，更是相守

范学景，江西余干人。一年前，他检查出肝部患有肿瘤，来这里治病。

老范的爱人张国胜在厨房里煎鱼，他就在一旁拿拳头跟别人比画："这么大，肿瘤这么大。"

一条鱼，被老范的妻子张国胜煎碎了，老范觉得也不错。他天性乐观，所以没被癌症击倒。

老范在病房里闲不住，化疗一结束，就往外跑。

老范：老吴，我把记者都给你带来了看到没有，长枪短炮来了，上电视了。

老范：你这就是坐坏的，就是要去外面走走，让你老婆扶着你走一圈。

病友：走得好累。

老范：累是累一点儿。

老范若是在走廊里遇到病友，总会乐观地开解对方："我跟你说，不要愁眉苦脸的，高兴一点儿。要是你脸色不好看，你一家人脸色都不好看。"

老范的爱人张国胜告诉我们，之前她在家里没什么操心事，一切都由老范担着。"他就是我的天。"最初知道老范得病的时候，

第九篇章・相守

老范（左） 老万（右）

她感觉天都塌下来了。幸好现在的老范能吃、能喝、能睡，她也放下心来。

下雨了，老范与妻子从厨房出发，冒雨回家。

张国胜：你淋不得雨水。
老范：没有事，走了。

说罢，老范甩开膀子大步踏入雨中，张国胜赶忙跟上，一路小跑中脱下了自己的外套帮老范遮雨。

老范：我跟你说，夫妻之间志同道合，家里一点儿小毛病、小问题，协商来解决，这就是最大的荣幸、最大的幸福感。有事大家协商着来，假如我生病，那么她照顾我；她生病，我照顾她。夫妻之间就是这样子。

也许是乐观让老范接受了癌症，但与妻子的相伴，却让他扛住了一切。

三天后，老范暂时出院了。
同时出院的还有老夏妻子的病友。
而老夏，还在一边抱怨着，一边想着今天给老伴儿做点儿什么吃。

一道菜就是一味人生。端出来的，是一个家庭的酸甜苦辣。

厨房,也依然继续着新人至、旧人归的时光。

不要想那么多,先吃好这顿饭再说。
Stop thinking too much, a square meal first.

导演黄远手记

他们比任何人都
更积极地活着

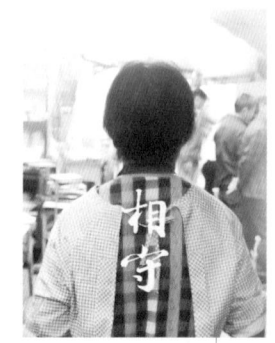

对于"抗癌厨房",早在拍摄《人生第一次》之前,就有看过一些关于厨房的视频。当时觉得这地方带着满满的暖意,没想到自己居然能有机会参与拍摄关于这个厨房的纪录片。

2019年9月底,我第一次来到厨房。

直观感受是,太热闹了。空气中飘着各种菜香,对于当时来不及吃午饭的我,闻起来简直垂涎欲滴。

熊阿姨有着大嗓门儿、热心肠,来厨房的人都爱跟她聊上两句;而万叔叔,则在一旁默默地换着煤炉里的煤球,或笑嘻嘻地在边上看着他们聊天。

厨房的氛围让我觉得很舒服,像回到老家的凉亭,街坊邻居都聚在一块儿,所有的心事都可以在这里得到慰藉。

对于癌症这个话题,本以为会看到沉重的景象。

但厨房里的每一位，都让我觉得，他们比任何人，都更积极地活着。

遇到老夏的时候，我正坐在巷子口晒着太阳。当时就觉得这人特别好玩儿，跟谁说话都在打趣，就询问能不能跟拍他，他很爽快地答应了。

跟他来到医院，我第一次见到他的妻子：非常瘦弱无力的四肢，苍白的皮肤，但脸上并不是厌倦一切的神情。相反，她经常露出很可爱的表情：会在老夏跟她说给你做什么好吃的时候，扭头略带嫌弃地看着老夏；会在护士长进来教她拿球锻炼手部肌肉的时候，露出小孩子般"求夸奖，我有在很好地练习"的神情；会在老夏调侃她的时候，甩给老夏一个自行体会的神情。

而老夏与她说话的语气，也如哄小孩儿一般。比如，我老婆今天真棒，今天又漂亮了一点儿呢。那真是我见过的最可爱的互动了。

但在我们拍摄的时候，老夏说她妻子看到这么多人来看望她，情绪一直比较激动，大部分时间都在流泪。

其实，医院的日子是很枯燥重复的——打针、吃饭、陪伴——就是在医院的所有事情。

与张海萍的相遇，要多谢我的摄像师浩哥，是他让我注意到这个女生。拍摄那天她没有好好打扮，拍摄结束去向她道谢时，她穿了条小裙子，很漂亮、很可爱！在拍摄她做饭那段时，我们的主摄像健哥，也在边拍边笑。虽然小姐姐做菜的时候动作非常生疏，但那句"我要学着照顾我妈妈"就让心意大过一切了。

而老范这个故事，我们是先认识了张阿姨。初了解时，觉得这位阿姨很温柔，刚好她的丈夫老范打完针来到厨房，陪伴在一旁，中气十足地与旁人热聊——要不是手腕带着病号环，你完全不会将他与在化疗期间的癌症患者联系到一起。

他一直都是笑嘻嘻的，在医院，他就像是整层病房区的心灵导师，根本闲不住。他穿梭在各个病房之间，与病友们调侃、闲聊，还向别人灌输着许多心灵鸡汤。和他相处下来，发现他只有在打化疗时是比较哀愁的，其他时候都是笑呵呵的。

其实片中的三位人物是厨房众多人物当中的一小部分。

有的患者跟我说，她好想大哭一场，她有好多好多事还没有去做；有的跟我说，他花了整整一年的时间，才让自己放平心态去接受癌症这个事实；也有的跟我说，不要来这个地方哦，这不是什么好地方哦。

但最后，他们都会跟我说——不怕，认真去面对，会用积极开朗的心态接受癌症。

熊阿姨和万叔叔在厨房住了快二十年，见过了许多人。有人前一天还来厨房嘻嘻笑笑，之后就再也见不着了。他们经历了太多与人相识到告别的过程，事实总是在希望中伴随着残酷。厨房也不只是个做饭的地方，更是能提供寄托的空间。

片子播出前，得知老范的病情在逐渐转好，病灶已显示阴性；而老夏，却告知我一个不幸的消息，他的妻子去世了。

老夏说，没办法，她丢下我不管了。谨以此片，纪念阿姨，在天堂不再遭遇病魔。

片子播出后,我们也收到了许多大家分享的故事。

有个小姐姐在得知她妈妈被诊断为宫颈癌后,开始整夜地失眠,害怕外人同情的目光,这种无时无刻的煎熬,她不敢与人诉说。她在爸妈面前强装乐观,独处时只能靠歇斯底里的哭泣宣泄情绪。她说:"太苦了,苦得难以用文字形容。"

也有人留言,高二的时候,妈妈患癌,自己在学校无能为力,只能躲起来偷偷抹眼泪。而如今,他博二了,天天泡在实验室研究癌症。

也有好友给我发来消息,因为片中的人物让他想起了他的姥爷——一米八五的个子,嗓门儿和老范一样大,走起路来风风火火、步步生风。他和老范一样乐观向上,因为曾经是军人,他的腰杆总是挺得直直的。由于病情在后期恶化得很快,姥爷还是离世了。当时他正在外地上学,没能在临终前见到姥爷,这成为他一生的遗憾。直到现在,有时候他做梦还会梦到姥爷,这份想念,从未淡去。

每每翻着这些评论,看着他们的故事,能从字里行间感受到他们面对病魔时的痛苦。但每段故事的结尾,他们都会表达出更令人欣慰的力量。

"世界上其实没有那么多'一定会好的',更多的人践行着的是'好不好我都在'。"
"未来不求大富大贵,只求能彼此陪伴一生。"

希望大家都能获取力量,面对未来发生的一切糟糕事件;希望所有人都能与家人平平安安地度过每一天,吃好一日三餐;也希望大家能在生活中,与所爱的人,健康幸福地相守一生。

对了,最后补充一下,我们《相守》的摄制组可是有团名的,叫"南昌嗦粉小分队",哈哈哈!

好好活着

故事讲述人：寇振海

这世界上比"我爱你"更浪漫的话是"你的肿瘤是良性的"。

夫妻间,相遇容易相识难,相识容易相爱难,相爱容易相守难。在癌症和疾病面前,每一个原本普通的平凡人,都化身坚强的斗士,在生与死之间、放弃与坚守中挣扎。

老范看着心大,乐乐呵呵地宽慰自己,同时也抚慰了原本崩溃的老伴儿;老夏爱唱歌,尤爱腾格尔,经常会唱歌逗老婆开心;病房之外,是坚守不退的老万两口子……

人生,没有一帆风顺的。有些事,但愿永远都不要经历,但是万一来了,你也只能一边嘀咕抱怨,一边咬牙向前。因为日子还要过下去,能笑出声的日子,苦难都会过去的。

生老病死是人生大事,吃饭也是。

炊香万灶烟

让我们欣喜感动的是,《相守》一片中,抗癌厨房主人公老万和熊阿姨夫妇,荣获了《感动中国》2020年度人物。

远去的 2020 年,有难关、有难题,更让人难忘。也因此,感动在这一年变得必须、必要,也那么必然。2020 年就像一面镜子,照出了感动更大的分量。

这个坐落于江西南昌一家医院旁边小巷子里的特殊厨房,每到饭点都会特别热闹,空气中混杂着各种饭菜的香味,虽然没有什么山珍海味,但处处充满着亲情的温暖。

一日三餐,炉火熊熊,人流熙攘。厨房的主人就是万佐成、熊庚香夫妇。

从肿瘤医院旁小巷里的油条摊位到"抗癌厨房";煤球炉从六个增加到二十几个;从最初的免费到收费五毛,再到如今的一元钱;老万夫妻俩从贴钱维持,到勉强收支平衡……一家人的早点铺,慢慢变成了千百个家的暖心厨房。

这里有一道道家乡菜的慰藉,有在患病家属前不能流的泪水，有 18 年来老万夫妇朝夕的陪伴。如今，已年届七旬的老万夫妇，依然凌晨四点起床备好炉火，迎接每一天的新老客人，365 天从不离开。

儿女也劝过他们去旅游，但都被老两口儿一一拒绝了。"旅游啊……人家医院里的人也想旅游啊，去得了吗？想也要大家平安我才会想啊，我身体还这么好，人家不平安我去帮助人家还不可以啊？"

这对夫妻的初心十分简单："有的病治不好了，但能让病人吃好一些，家属的遗憾也能少一些。"

然而，荣获《感动中国》2020 年度人物的老万夫妇，却并未现身颁奖现场，因为他们担心自己一旦离开，肿瘤医院的病人和家属就没法儿在这个"共享厨房"里做饭了。在颁奖现场，央视主持人白岩松远程连线提问："爱心厨房准备做到啥时候？"这对年届七旬的夫妻异口同声："坚持一天算一天。"

微弱的灯,
照亮寒夜的路人。
火红的灶,
氤氲出亲情的味道。
这陋巷中的厨房,
烹煮焦虑和苦涩,
端出温暖和芬芳。
惯看了悲欢离合,
你们总是默默准备好炭火。

——《感动中国》2020年度人物颁奖词　万佐成　熊庚香

高等学府哪家强？老年大学走一趟！

退休

第十篇章

本集导演：蒋逸哲　故事讲述人：张钧甯

『他们终于可以停下来，去做一点儿自己喜欢的事儿。』
They can finally take a break and do something they're fond of.

高等学府哪家强?

老年大学走一趟!

985、211、"双一流"——这些,我们,都——不——是!

但我们学生的平均年龄,遥遥领先清华、北大!

这里是更新知识的殿堂、健身养心的场所、开心娱乐的园地、广交朋友的平台、智力开发的基地。

国标舞、蒙古舞、拉丁舞、月光下的凤尾竹!

全球热门专业,应有尽有!

声乐、太极、诗朗诵、摄影——只教能在朋友圈、家人群里展示的热门科目!

来到老年大学,我们郑重承诺:绝对不开家长会!

高尔基说过:"学习永远不怕晚!"

不要让父母输在起跑线上!

珍惜机会,还你一个大学梦!

老年大学等着你!

第十篇章·退休

> 四川省成都市
> 金沙路42号　四川老年大学

　　四川老年大学，42个专业，245个教学班，13,000多名学员。
　　很多老年人退休以后来到这里，开始人生第一次的"大学"生活。
　　因此，每年开学，场面都很火爆。

第一课　舞蹈

　　杨敏，曾是四川老年大学艺术团成员。儿媳是空乘人员，每天工作很辛苦，在家时间很短。儿子也是每天早出晚归的，因而照顾孙女的事情全部落到了她的身上。

能从千百号人里入选艺术团其实很不容易。但因为艺术团需要时间排练，时不时还要去外地演出，杨敏要带孙女，只好退出了。

"只有把我喜欢的事情暂时放一下。"

每天，把孙女送进幼儿园，杨敏才能有自己的时间。

只有在老年大学跳舞的时候，她才觉得自己是自由的。

杨敏：小时候，成都市歌舞团来学校招生，就把我选进去了。但是那个时候由于观念的问题，我父母极力反对。退休之后，我的第一选择就是跳舞。

舞伴：中国的老年人啊，往往为了孙子辈牺牲了自己最愉快的一段时间。她可能就耽误了将近 6 年时间。

杨敏：没那么严重，完全没跳的时间是两年半。然后慢慢恢复，断断续续地又来参加活动。

今天，是杨敏 62 岁的生日。老年大学的同学们聚在一起为她庆贺生日。

然而，这样自由而放松的时间，往往很短。

幼儿园的老师打来电话，孙女感冒了。

杨敏儿子：曾经有一次特别好的机会，能够让她和她的团队一起去参加比赛。但那个时候小孩儿刚好生病了，她就特别矛盾。作为后辈来讲，我心里面挺难受的，为了照顾孙女，她放弃了自己的梦想。

生活有时候就是这样，没有两全其美的办法。

第十篇章·退休

杨敏和舞伴

杨敏与孙女

杨敏在老年大学练台步

小时候，妈妈不让杨敏报名舞蹈团；等她变老了，还是没有什么时间跳舞。她那么喜欢走秀和国标舞，却为了孙女，放弃了很多自己的时间。

但话又不能这么讲，比喜欢多一点儿的，是爱。

因此，她依然每天雷打不动地接送着孙女，陪着她练钢琴。只不过，在略微喘息的时候，她会在老年大学的教室里，跳舞、走猫步。这里不是万众瞩目的舞台，却是属于她自己的时刻。

第二课　诗词

　　童华容，72岁。十年前，因青光眼并发症导致双目失明。吃饭、喝水、上厕所，老伴儿常尚慧片刻也不能离身。
　　但这些，并没有阻止童华容退休以后来老年大学读书。
　　在老年大学，只有上书法课时，常尚慧才会和老伴儿短暂分开。

　　常尚慧回忆说，当年老伴儿为了照顾孩子，放弃了考大学。
　　现在，每当童华容上课的时候，常尚慧不是在教室里"陪读"，就是在门口偷偷看着她。

　　虽然眼睛看不到了，但童华容的内心更敏感了。
　　看不到，她就写。

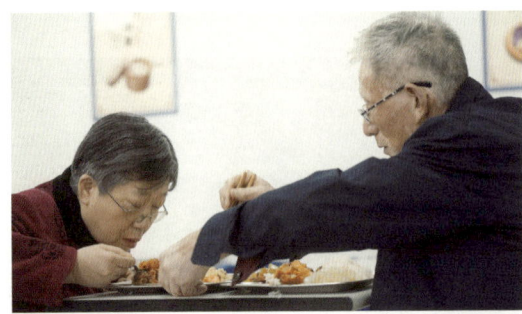

童华容（左） 常尚慧（右）

常尚慧在上书法课

蝶恋花·四川省老年大学
童华容

莺鸟晨歌迎拂晓。
西外金沙,学府师生早。
步入校院相问好,精神抖擞多翁媪。
翰墨丹青文史妙。
科普诸门,生活真需要。
拳剑管弦歌舞俏,开心学习人年少。

走在马路上,常尚慧就是童华容的眼。他把看到的一切都告诉她,尤其是那些新生事物。

念奴娇·共享单车(节选)
童华容

巷尾街头,随处是,新款单车候立。
仿佛飞鹰,如同海燕,共享由人择。
车流如水,一时多少甜蜜。
回想吾辈当年,物稀难置信,贫穷之极。
来之非易,劝君予以珍惜。

回到家,常尚慧需要独自照顾老伴儿。虽然儿子住得也不远,但老两口儿不想麻烦他。童华容说,在治疗期间,常尚慧不离左右,自己是他"一口一口喂活的"。

常尚慧出门的时候,会在客厅系一根绳子。
他不放心老伴儿一个人在家。

童华容可以沿着绳子,在家里独自行走。

童华容:摸到这个结的时候,我就知道差不多到了这个位置了。不管我退回来还是走过去,只要摸到这个结,就差不多该到这个位置了。

第十篇章 · 退休

童华容总说，写诗词的时候，查资料、记录、修改这些事情，都是常尚慧帮她完成的，她一直觉得应该署两个人的名字，但常尚慧总是摆摆手："我又写不来那些诗。"

诗词，让童华容重新联结到了世界。

趁常尚慧去拿报纸的片刻，童华容在镜头前对老伴儿留下了真正的心里话。她说，自己住了很多次医院，每次常尚慧都会不厌其烦地陪夜，为此他吃了很多苦。一想到这个她就觉得心里发酸，哽咽道："我只有下辈子来回报了。"

写诗时的童华容和常尚慧

童华容失明前的作品

2019年的最后一天，我们的镜头记录下了这样的片段。

这是童华容失明十年后，第一次拿笔，她想写点儿话给老伴儿。

> 我很想对你说一段话，把它写下来，但总写不好，我只好向你说。回想这些年来，年轻时忙得连牵手的机会也失去了；如今老了，天天能够在一起，天天能够牵手，我却已经双目失明。你一直不离不弃，鼓励我，牵着我。
>
> 我希望生活可以一直像现在——我们就这样牵着手，一直走下去。

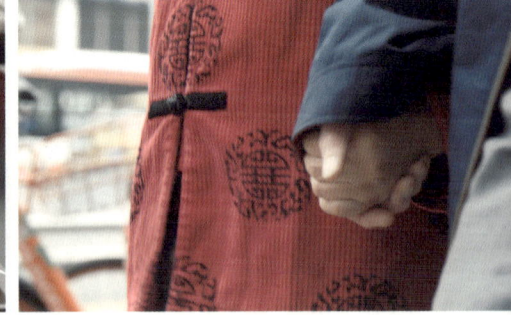

第三课　美声

早上五点半，李永东和郑义华夫妇就准时起床了。

5年前，夫妻俩报名参加了老年大学声乐班。这以后，早上六点，练声成了他们雷打不动的早课。

李永东：我们平时吃饭的时候就是这样边吃饭边听音乐，复习功课。

郑义华：老师讲的东西，我们会反复再听一下。

郭老师：他（李永东）随时都在哼歌，在厨房里、卫生间里、洗澡间里……他都在那儿唱。他夫人都说他发神经，大半夜在那里唱什么唱。

李永东大半辈子都没有接触过美声、朗诵或者表演。在老年大学，他第一次接触这些，生命，仿佛被推开了一扇门。只要老年大学一开课，他和郑义华就每天都泡在老年大学里，如饥似渴地吸收着一切感兴趣的知识。

李永东：每天背上书包去上学的感觉是特别特别好的，很爽的，现在又上学了！

人 生 第 一 次　　　　　　　　　　　　　　　The Firsts in life

郑义华（左） 李永东（右）

1983年，李永东和老伴儿下岗了。

他们用仅有的积蓄办了一个小工厂，做化肥的包装袋。为了这个家，他们这一做，就是三十年。

郑义华：我们年龄大了，孩子也从来不关心工厂，所以说没人接班。我们就培养了几个接班人，把它交给了我们的接班人，这样我们自己也解脱了。

老两口儿奋斗了几十年，把女儿拉扯大了。如今，女儿在美国高校做了教授，成了家。郑义华觉得女儿有了自己的人生和事业，她和老伴儿也应该有老年人自己的生活："做好自己，让自己愉快，这就对了。"

他们终于可以停下来，去做一点儿自己喜欢的事儿，不用去做塑料袋了。

活到老学到老。
One is never too old to learn.

导演**蒋逸哲**手记

老而好学，
如炳烛之明

鬼畜土味剪辑

大家看到片子的开头就知道，因为退休老人在老年大学的学习生活实在太过精彩，用平铺直叙的镜头语言已无法表达，因而这样的"花式开头"能顺利播出真的十分不易，感谢大家对本集纪录片采用的较多的奇葩剪辑和跳跃式叙事结构的宽容。

那么，为什么一开头就要"祭出"这组有点儿"广告味"的拉风镜头呢？

其实是源于最初我对老年大学的错误理解。

开拍之前，我脑海里的老年大学，大概也就是广场舞兴趣班、土嗨唱吧、书法绘画入门班这种概念的集合体。直到我走入老年大学的一间间教室，坐下来和他们一起上课之后，才明白自己完全搞错了。

这里的学习课程融博大精深和雅俗共赏于一处，不亚于任何一所正规大学；这里的学员虽然高龄、白发苍苍，却不失旺盛的求知欲，甚至对知识深度"沉迷"；这里的教师虽然不用追求升学率，却格外认真负责、倾囊相授……

相处久了，我发现在老年大学学习的退休老人们，都会变得很阳光、很可爱，生活态度也十分积极。如杨敏阿姨从小喜欢跳舞，是老年大学舞蹈队的骨干，但为了带好孙女，不得不休学两年，暂时放下自己的爱好。待孩子长大一点儿后，她马上就回到了学校重拾梦想。这份不离不弃，正是老年大学的魅力所在！

再如原先是企业主的李永东夫妇，退休后的他们，有了从物质追求到精神追求的升华，是老年大学里非常典型的一批学员。五年来，他们把自己一手打造起来的企业完全交给了接班人，放下所有的俗事，从早到晚沉浸在老年大学上课学习的快乐当中，重新开启新的人生。

60岁再出发！

可以说，他们是一批不再苟且人生的老年人，而是有梦想、有追求的践行者。他们走过了大半人生，历练丰富，心底却仍然涌动着那份对生活、对艺术的渴望，保持着那份对学习、对知识的挚爱。这样以梦为马的退休生活，简直是太棒了。

看到老年大学学员们灿烂的笑容，我受到了深深的触动——年华老去并不可怕，很多人生第一次的事情仍然可以从60岁才开始！所以这段非常特殊的表达，其实也代表着我对《退休》这集认识上的转变。

胸中有火，眼中有光

　　人生是一条河，有风平浪静的涓涓细流，也有凶险无比的漩涡暗礁。

　　有一个片子里没有播出的细节——童奶奶其实刚刚接受了一场大的心脏手术，几乎切开了半个胸腔。所以，童奶奶说她是被她的老伴儿"一口一口喂活的"，这是真的。

　　但是她身体恢复以后做的第一件事，就是回到老年大学的课堂上，因为这里已经成为了她的精神家园。她说："台上的老师一讲课，我马上就不觉得痛了。"这里要特别感谢一下第三集的导演孙功旭，帮我想出了一个很棒的表达方法，从视觉上呈现了童奶奶和常爷爷的款款深情。

　　而李永东在镜头之外，也曾拍着我的肩说："小蒋啊，虽然我开了这个厂，但是我最讨厌的事情就是去讨价还价，去争夺那一点点的利润。为了生活，我不得不去做，而且必须要做好它。现在总算都能放下啦，再也不用来烦我了。"

　　像李永东一样，很多来念老年大学的老人们，没有在过去的生活中获得追寻自己喜好的机会，退休了就到老年大学来弥补。在四川老年大学里，导演采访了超过50个老人，和普通人最大的不同，就是这些老人眼中闪烁着求知的光芒。有时候在拍摄的过程中，导演组的摄影器材放在那里，都会有老同学们围上来讨论和求教。在这里，他们终于可以放下一切，第一次为自己的梦想而活。

　　受这段经历的启发，在他们故事的结尾我写道："他们终于不用去做塑料袋了……"

能够守望到梦想的人,都是幸福的。

播后有感

网络上有些评论认为镜头中所展现的,是聚焦在只有"城里的""富裕家庭"才能念得起老年大学。

但在我看来,这其实是一种幸存者偏差。

老年大学虽然火爆,但播出前对于老年人来说还是很新潮的概念。私以为:老了以后,能开明地接受新概念、新事物,并能持之以恒学习的人,大概率一生的累积也不会差。

实际剧情里的拍摄对象们,在年轻时也曾一穷二白。常爷爷是村里出来的,李伯伯、郑阿姨在工作的小厂关门后被迫下岗……片子里采访过的很多老人都出生在乡村,他们割过稻、种过地,扛过"大包",干过泥水匠……本职做过工人的,连一半都不到。

当他们老了,孜孜不倦的学习积累和岁月沉淀带给了他们相对扎实的家境。这些累积的过程都没有在镜头里呈现出来,反而是成功后的场景在被摄像机放大以后,对观众产生了冲击。

中国的老年大学是由国家和当地政府大力支持的重点公益项目,由国家进行补贴,各级政府提供场地和支持。

老年大学是普通人都能念得起的地方,而来这里念书的绝大多数都是普通老人。截至2020年,以上海老年大学为例,一门课32课时,一学期上16节课共收费100~300元(各地的收费标准差别不大)。学生们支付的学费连学校的水电煤都不够支付,更不要谈场地、设备、教师聘请等一系列费用支出，这些主要都是靠拨款来进行维持和发展。

老年大学是我国政府为了丰富百姓的精神文明和老年生活，而不惜花大力、花血本去干的实事。虽然短期内因为发展的不平衡性，尚未惠及全部的老年群体，但各级政府和地方都在加紧布局和建设老年大学。我相信在不久的将来，老年人的求知欲一定能更好地被满足。

这些繁多的背景信息实在没有办法全部塞进片子里去，作为本集导演，我感到抱歉，感慨自己构架片子时思虑不全才引此误解。

我在节目中希望传递给大家的是爱与家庭、不离不弃和追逐梦想的几位退休老人的小故事，和他们身上那种"Stay Hungry, Stay Foolish"的精神。

最后的碎碎念

私以为，人类的伟大和进步离不开对陌生世界的学习和认知。如何持续地保持好奇心，并向自己喜爱的某个方向持之以恒地付出努力，才是成就人类文明千姿百态的根本性原因。

我们的社会还在快速发展和不断进步当中，当物质需求进一步得到丰富和满足之后，个体对精神上的追求才会真正地出现。而总有一天，社会也会拥有更大的包容和理解，能够接受各种各样、千奇百怪又各有意义的人生，人们终将会不再以世俗化的"成功"来定义一个人。

虽然纪录片应该是客观的，但是我所选择的表达是相对主观的。我选择传递的是蹲守四川老年大学期间自身见到和感受到的，这些可爱的退休老人们的故事和情感。

热爱，
可抵岁月漫长

故事讲述人：张钧甯

第十篇章 · 退休

想想小时候,仿佛已经是很遥远的事情了。

但总有些记忆,让人刻骨铭心。

第一次拍戏,第一次试镜,第一次看到生命的出生,第一次摸到尸体的温度……每一个第一次,都让我震撼万分。

片子中展现的是我还没经历过的,人生第一次的——退休。

原来,老年人并不是没有心中的诗与远方,他们只是为了家庭牺牲了自己;原来,老年人有着不输年轻人的活力和求知欲;原来,比喜欢更多一点儿的,是爱;原来,过怎样的生活,与年龄并无关系;原来,真正的人生,是可以从 60 岁才开始的。

生活没有两全其美,但也总能找到属于自己的时刻。

拥有热爱,便有了可以抵挡时间的武器。

云卷云舒,游历人间。

养老

第十一篇章

本集导演：陈婷

故事讲述人：许文广

『迟暮之人，亦是少年。』
In my twilight years, the heart is still young.

人生第一次　　　　　　　　　　　　The Firsts in life

[注] 沙画作品来自沙画家 茗喆S

你们一定都听说过这个故事:世界上有一种动物,早上,它用四条腿爬;中午,他用两条腿走;晚上,他有三条腿,步履蹒跚。

答案很简单,这是人。

但这个答案又未免过于简单,它抹去了生活里所有的细节。

比如,在三条腿的这个晚上,你可能会在打喷嚏的时候,赌上性命;会在心脏怦怦跳动时,发现那不是爱情,而是心率不齐;你吃饭不敢吃饱,因为要留下肚子喝水吃药;你难得出去旅游,结果没看多少风景,一直关心厕所在哪儿;人生可能不再迷茫了,但,你会迷路。

有一天,你会突然发现,自己的岁数,已经超过了妈妈。

这个晚上,没有人能够脱身,但总有东西留得下来。

📍 **上海市 华奶奶家**

华奶奶：过完年我就 80 岁了，你们爸爸已经走掉整整 40 年了。这个世界上，我只有你们两个女儿，虽然我去养老院了，但我还是牵挂你们的。

大女儿：我们也会牵挂你的。

华奶奶，79 岁。

最近，她打算去养老院了。不是因为女儿们不肯照顾她，而是年纪大了，不想麻烦她们。

华奶奶：比较好的姐妹问我说，你最近有什么事吗？我说没有啊。

大女儿：你和她们说了吗？

华奶奶：没有。

大女儿：准备走了再说啊？以后在微信里说啊？可以把自己对自己生活的安排说给老朋友听啊。

因为爱人已经不在了，华奶奶觉得去一个好点儿的养老院，可能比在家里请个保姆更好一些。

这个决定，除了家人，华奶奶没有告诉任何人。

进养老院之前，华奶奶去做了一次头发；她还郑重地，最后参加了一次小区合唱队的活动——她在这支合唱队里，当指挥。

第十一篇章·养老

华奶奶和大女儿

王意仁

和华奶奶一样，王意仁的老伴儿也去世了。

在中国，90%的老人宁愿在家养老。

但是86岁，一个人做饭、做家务，独自生活16年的，不多。

平日里无聊的时候，王意仁就和智能机器人对话，听听自己喜欢的老歌；翻看曾外孙女的视频，他总会被孩子的可爱模样逗得合

王意仁与妻子的合影

王意仁与孩子们打桥牌

不拔嘴,并且坚信自己良好的音乐细胞都传给了她;要么就向女儿请教请教网购的事情,他得意地认为"你要与时俱进啊,不学就要被形势淘汰掉了"。

王意仁的老伴儿因为脑出血,走得很突然。在老伴儿走后,他就下了决心,不会再找了,他觉得自己可以独立生活。他也不愿意去养老院,因为这个房子里,有老伴儿的味道。

他当过兵,有着钢铁一般的意志。一些事儿一旦认定,就改不了了。

王意仁有一儿一女,每隔几天,孩子们就会轮流来看望他。

儿子:我们自己也在探索很多模式。也有朋友说,弄块地自己做互助式的养老院。将来,两个小孩儿,四个老人,他们还有自己的工作,还有自己的小孩儿,所以想尽量自己解决。像我爸爸这样挺好的,看起来空巢,其实我们随叫随到。

女儿:我们是轮流的,有什么事群里一喊,我或者哥哥就来了。我们两兄妹在这方面协调得挺好的。

王意仁:平均牌。

女儿:我打错了。

儿子:打错就输给我们。

女儿:宁死不屈。

打桥牌是王意仁家里的传统。

曾经,父亲陪着孩子一起出征比赛;如今,孩子陪着父亲一起享受天伦。

另一边,华奶奶要在今天搬去养老院了。

虽然平时喜欢买东西,但在收拾行李的时候,华奶奶只从柜子里拿了点儿用得着的东西,还有很多东西被留了下来。

华奶奶:之前留下的照片、纪念性的东西,现在看来都没有必要了,看一眼能处理就处理了。一个人到最后,总要回归自然的。

"最后了,这是人生的最后一条道路。"

搬家搬家,搬过去的是家吗?
华奶奶并不确定。

迈出家门的这一步,不容易。
华奶奶不舍得走。

鞋27双,带走了7双;衣服150件,带走了84件;相册38本,带走了8张;荣誉证书10本,都没带。
全新又未知的生活,开始了。

📍 上海市郊　养老院

一个新环境，一切都是陌生的。

初来乍到的她，从门外偷偷关注着跳舞的同龄人，虽然特地买了蛋糕给新伙伴吃，但别人对她的距离感和生疏感，仍然显而易见。

老人去养老院，就像孩子去幼儿园——离开家人、旧友，离开了熟悉的一切。面对这种彷徨和无措，孩子会哇哇大哭，但老人不会。

不过，让华奶奶惊喜的是，她的初中同学徐永吉，与她在差不多的时间入住到了同一家养老院。

徐永吉：我绝对没有想到，老了之后，我们两个人会一起进养老院。这个故事随便说给谁听，都会觉得蛮惊讶的！我女儿跟我说："爸爸，这个养老院挺好的，你进去之后我们也放心。"然后她就问我："你要进养老院？你要进哪个养老院？"我告诉她之后，她说太巧了！正好！就是这么巧！

华奶奶回忆起乘出租车的时候，司机跟她说："你们年纪大了，千万不能进养老院，进养老院之后他们要欺负你们的。"

徐永吉听后大笑摆手："养老的理念要跟上时代！"

日子一天天过下去，华奶奶不仅遇到了老同学，也交到了新朋友。

华奶奶：我比你大还是比你小？

曹奶奶：肯定比我小，看头发就知道了。

华奶奶：我 1941 年生的。

曹奶奶：比我大 1 岁。

华奶奶：那还是我大。

曹奶奶：你是姐姐了。你们是两个人吗？

华奶奶：一个，我老伴儿走了 40 年了。

曹奶奶：华老师，你太伟大了！

华奶奶：我一个人把孩子带大，人总是要往前走呀。

曹奶奶：我们这把年纪，这辈子什么都经历过了，该享受的也享受了，想拥有的也有了。现在剩下来的，就是一件事——让自己开心。

华奶奶：对对，找快乐，找健康，其他的没了。

曹奶奶：寻开心，寻开心，开心是寻来的。

终于，她不再那么局促不安了。

除了晚上睡觉的时候，要开一盏小夜灯。

2020 年的清明节很特殊——因为新冠肺炎疫情，王意仁没有

徐永吉（左）　　华奶奶（右）

华奶奶（左）　　曹奶奶（右）

办法去扫墓。

于是王意仁简单布置了一下，在家里祭奠老伴儿："今年不能来上坟了，所以只好在家里祭奠你一下。你的孙子要结婚了，外孙也有自己的女儿了，你已经是太外婆了。我会照顾好自己的，家里一切都好，你放心吧！"

王意仁翻阅着存满了爱人身影的相册，笑呵呵地回忆道："她胆子大得很，不怕死。她穿了个裙子跳降落伞，因为她是运动员出身。"

这一天，特别容易想念以前的人。

除了老伴儿，还有那些老战友们。

送战友，踏征程，默默无语两眼泪，耳边响起驼铃声。路漫漫，雾蒙蒙，革命生涯常分手，一样分别两样情。战友啊战友，亲爱的弟兄。当心夜半北风寒，一路多保重……战友啊战友，亲爱的弟兄……

王意仁唱起《驼铃》，怀念旧友和曾经的时光。

华奶奶已经一点点地适应了养老院的生活了,尽管有点儿难。
"那就安心自己养老吧,要走就一下子走,这样最好了。"

王意仁说,只要自己还能动,就不挪窝儿。
"我感到非常满足,自己过得开心就行。"

寻开心,寻开心,开心是寻来的。
Finding happiness.
We should find it.

导演**陈婷**手记

带着爱与光亮走下去

因为拍摄这部纪录片,我认识了片中两位可爱的老人。

先说华奶奶,80岁,主动选择改变自己生活的道路,我特别佩服她的勇气。

老人去养老院,很像孩子去幼儿园,离开家人、离开熟悉的一切,投身到陌生的环境,挑战很大。孩子会哇哇大哭,而老人不会。

在去养老院之前,华奶奶顾虑重重。除了家人,她没有把这个消息告诉任何人。一来,因为中国人养儿防老的传统观念认为,老人就应该在儿女身边,那才是其乐融融,她担心自己的决定会给孩子带来非议;二来,华奶奶也担心自己去养老院万一不适应,还得重新回来,不如等稳定了再告诉老朋友们。

除了以上原因,还有一部分经济原因。

大家都看得出来,片中的这家养老院价格不菲,入住的很多老人都采取以房养老的方式。当时,老人也在考虑通过房子来缓解经济上的压力，但卖还是不卖，也没有最终决定，毕竟老人总希望有个自己的窝。

因为心里的这些顾虑，在我们拍摄的初期，华奶奶的心情并不明朗。收拾、整理几十年的衣物，本来就烦琐、杂乱，再加上我们镜头的拍摄，或多或少也给她带来了一些不自在。

有一次华奶奶跟我吐槽说："陈导，你把我们家拍了个底朝天，不要拍了，少拍点儿。"华奶奶是个和善的人，大多数时候都很配合拍摄。但她这几句半认真半玩笑的话，让我一时也颇为尴尬，一下子觉得自己像是闯进别人生活的不速之客。

后来我也和总导演秦博专门聊了这件事情，希望他能传授一些经验。他说："不走进去，肯定不行。但是也要注意保护拍摄对象。有时，就是一个度的拿捏。"

这几句话，也让我心里有了个支点。好在，随着和华奶奶的频繁接触，大家在心里也越走越近，以至于我们第一周期拍摄结束要离开养老院的时候，华奶奶还说："我会想念你们的，谢谢你们陪我度过进养老院这段最初的时光。"

再来说说华奶奶的那群合唱队的小姐妹。后来，她们都知道了自己姐妹入住养老院的事情，而且，通过我们的节目，也知道她在养老院里过得很好，也为华奶奶高兴。后来，大家还分批去养老院探望了她。

当然，从入住到现在，华奶奶也在养老院交到了新的小姐妹。这下，老朋友加上新朋友，生活也更加丰富了。

扪心自问，如果自己到了 80 岁，我还有这样的勇气吗？勇敢往前走，勇敢改变生活，勇敢结识新的闺蜜，勇敢尝试很多第一次……我希望，自己可以有这样一颗火热的心。

后来再和华奶奶联系的时候，她明确告诉我，自己这一步走对了。

我们在拍摄时，也随机做了很多街头采访。对独生子女一代的家长，以及更年轻的人来说，很多人已经可以接受去养老院养老的方式了。甚至，对此毫不犹豫。

其实，老了之后选一个专业的养老院，还有小姐妹一起陪伴，想想也是极好的！

再来聊聊年轻时特别帅的王爷爷。

选择拍摄王爷爷也算是个意外。本来，我们还想继续拍摄养老院里的其他老人的。无奈，突如其来的一场疫情，把养老院的门彻底封死了——一律不准进入拍摄。无奈之下，我们开始把镜头转向居家养老的老人。毕竟，居家养老，在中国当今的老年人中，占有着最大的比例。

当我听说王爷爷 86 岁，一个人独居 16 年的时候，就特别想去记录他的生活。其实，生命到最后，都可能是一个人的旅程。当一切过往散尽，你会如何料理自己的生活呢？

王爷爷的独立自律让我印象深刻。比如，他会在每天中午十二点半左右午睡；下午三点到四点半打桥牌，雷打不动。每天几点，做什么事情，他都安排得井井有条。

之前，他白天去日托所，中饭、晚饭不用操心，还有老伙伴一起聊天打牌。但因为疫情关系，日托所已经好几个月没开了。坦率地说，86岁，要做家务、料理一日三餐，实在不轻松。

他每天会在中午烧点儿米饭，简单弄点儿菜，晚上就吃些点心，这样省力点儿。厨房也要等到晚上一起收拾，因为中午把菜烧好、吃完，他就累了，要午睡了。大家看到片中，我们拍了王爷爷午睡的画面。那天他上床午睡后，我们就离开了。等下午他午睡起来，我们才去他家继续拍摄。结果碰面时他告诉我们，那天中午，他怎么也睡不着，可能是因为拍摄，有点儿兴奋。傍晚拍摄结束，我们心里挺过意不去的，帮他把碗筷都收拾完才离开。

一个人生活惯了，突然连着好几天有外人拿机器拍你，任谁都会不适应。第一天拍完，王爷爷的午觉已经没睡好，得知我们后面还要来拍，他开始有些面露难色。这下，我的心又揪起来——想继续拍，又怕影响他的作息。

于是，我们再三保证，会尊重他的生活规律，而且尽量半天半天来拍，我们多跑几次没关系，只要能减轻他的精神负担。就这样，一回生、二回熟，慢慢地，王爷爷也愿意向我们吐露心声。

让我久久不能忘怀的，是王爷爷对爱人的祭奠。王爷爷的爱人已经过世十多年，我并没有想到，家里还会有遗像。当王爷爷取出照片，把香烛摆好的时候，屋里一下子悄无声息。王爷爷说，他想起了爱人刚过世的头三晚，他也是这样，一个人守夜，场景一模一样。听着他对爱人的絮叨，我不禁湿了眼眶。

王爷爷比老伴儿要幸运，见到了自己的第四代，也经历了互联网便利的生活：社交软件视频、网购、支付平台付水电煤费用……这些都是他驾轻就熟的。此外，他还有了机会去追求自己年轻时的梦想。王爷爷一直喜欢唱歌，多年前，他拥有了一个带领一支业余合唱队登上贺绿汀音乐厅舞台的机会，最终获得了前三的好成绩。说到这件事，王爷爷的自豪之情，溢于言表。

曾听人感慨，如果老两口儿中，老爷爷先走，老奶奶大多可以继续过好；而如果相反，老奶奶先走，老爷爷大多会比较吃力。

当你老了，相爱的人离你而去，你是否可以带着爱，过好自己的生活呢？

有一位网友看了片子之后留言说："这一集看似波澜不惊，实则蕴含着生命最真挚深切的情感。几十年的人生仿佛过眼云烟，已经消失不见，但曾经的爱与痛，却又确确实实、明明白白地存在过，并将一直存在。你带着那些爱与光亮，摇摇晃晃地独自走上人生的最后一条路，第一次也是最后一次，走向那个陌生的终点。"

比心！

有一种活法叫
"当你老了"

故事讲述人：
许文广

几十年风雨走过,渐渐地送别故人,人生似乎就走到了最后一段旅程。

养老这个选择题,该怎么做?

你会发现,当你老了,年轻时候的心头爱慢慢变成了带不走的牵挂和负担;当你老了,自己面临的是避无可避的自然规律,是踌躇与前行的抉择;当你老了,搬家,就是搬去一个新家。

我也曾经历过忠孝两难全的年纪,明白"别担心,我可以的"是父母给予的最大的理解和支持。我们都有要退休的那一天,都有要步入老年的那一天。再过十几二十年,如果感觉到自己身体不行的时候,也许我也会带着老伴儿去养老院,不给孩子添任何麻烦。

人生的节点固然不可逃避,与其踟蹰犹豫,不如勇敢向前。无论何时,人生所剩的时光都值得我们认真地去过。只要向前,总能发现风景。

我们该如何面对"老去"（节选）

对这个问题的讨论，主要是基于实证研究——清华大学养老研究团队在九年前组成，一开始是做中国农村老年人心理危机干预行动研究。就这个问题，我们深入中国农村调查，一共走到了38个村，将19个村作为干预村，19个村作为对照村，以此展开心理危机干预研究。

养老形势面临挑战

目前我国正面临人口老龄化的挑战。一方面，从时间轴来看，纵观世界范围内，65岁以上人口从7%增长到14%的时间，在法国用了115年，在英国是47年，在日本是24年。而联合国人口基金曾推测，中国实现老年人口翻番的时间将会是26年。另一方面，我也计算了一下，中国2018年65岁以上老年人的增长率是0.8%，2017年是0.5%，2016年是0.4%，按照这个速度，可能只需要三到四年就能到达老年人口比例翻番的时间。

人口老龄化过程来势凶猛，结果导致我们面临着诸多的养老问题。即便政府目前已经做出了一系列安排,但我认为可能还不一定能够赶得上老龄化的速度。按照城市规划,90%的老年人在家里由孩子照顾,6%的老年人得到一定程度的社区关怀,4%的老年人住在养老机构。在农村,老年人几乎100%在家里养老。无论城市还是农村,家庭养老都面临挑战。目前70%大中城市的老年人家庭属于空巢家庭,农村留守老人有1600万,另外全国还有4000多万失能老人。

在这样的情况之下,社会化养老实属必要。然而,目前大多数养老机构不接收失能老人,或者还不具备接收失能老人的条件。我们从全国"养老网"收集的数据显示,能够接收失能老人长期照料的床位不到100万张。更主要的问题是,目前只有不到5%的养老机构是"医保定点"单位——不是"医保定点",就意味着不能报销。此外,社会对养老的需求也是非常大的。但是,我们现在的养老院大多不能提供具有医护功能的长期照料,因此养老事业发展也面临挑战。

应对老龄化的积极模式

虽然面临严重挑战,但是我认为,人口老龄化的过程也可以是积极的。到目前为止,我们对已有的四个应对老龄化的积极模式进行了研究。

第一个模式是我们与中南大学合作,在科技部和中国人口福利基金会的支持下完成的"幸福守门人"研究。我们在农村通过孤独量表、抑郁量表、身心健康简表和社会支持量表四个科学工具做心理危机筛查，发现大多数农村老人实际是处在第一个危险之中，也就是孤独而不是严重抑郁。孤独带有普遍性，但大部分农村老人是健康的。另外有一部分人是临界点人群，只有极少部分人需要治疗类的特殊关爱。

为了防止健康的老年人未来走向临界点，为了防止那些临界点的人群变为高危人群，我们设计了"幸福守门人"模式金字塔组织结构，与地方官员配合工作，划出区片，在每个区都有帮助农村老人的精神科大夫，同时动员乡村医生、社区积极分子以及社工，一起来关心留守老年人。模式的基本原则是防止老年人心理危机，主要是需要实现：老年人之间能够互动、互助，做到情感互惠。之所以最后落在情感互惠上，就是考虑到有了亲和力，社会才会变得有温度。

第二个模式是"时间银行"。目前，中国已经有30多个城市成立了旨在帮助老年人的"时间银行"。最早发明"时间银行"的人是美国律师爱德华·科恩。他在20世纪80年代初期看到很多黑人失业，这其中包括律师、水暖工、护士、理发师、教师等。他觉得，这些人虽然没有收入也没有工作了，但是可以用劳动交换的方式让彼此受益，劳动交换可以用时间计算储蓄。所以他发起了"Time Dollar"行动，也就是将"时间美金"体现在劳动交换中。在日本，水岛旭子在20世纪70年代开始倡导一种类似的"时间银行"——动员相对年轻的、比较健康的老人去帮助那些高龄体弱的老人，用适老服务时间作为储蓄积分。我国的"时间银行"与日本的非常相似：比如苏州的杨枝模式，也是以劳动时间计算，洗衣服的时间、送水的时间、谈心的时间都可以存于时间账户，将来就可以兑换成别人对自己的服务。最重要的是，杨枝模式证明了劳动时间的兑换,是一种可以形成老人互助风尚的催化剂。杨枝时间模式需要熟人社会,杨枝社区是工厂社区,经过当地几十年的积累,有信任基础。相比之下,广州的南沙"时间银行"则有所不同,它是针对陌生人社会的。由地方政府兴办的南沙"时间银行",一方面仍然鼓励相对年轻的老年人帮助那些更高龄的老年人;另一方面通过荣誉性的激励(如一枚勋章)和物质性激励(如一瓶香油),鼓励当地青年人参加到关爱老年人的行动之中。鉴于南沙"时间银行"的物质性奖励低于劳动时间的市场价值,所以它提供的服务仍然属于社会奉献的范畴。

第三个模式是"老人会"。中国历史上曾经有过类似模式的组织。比如在明清两代,当时太监们养老的方式就是形成兄弟结和师徒结——在宫里攒钱以后,他们在外面建立太监庙用来养老,当时在北京西山就有十几座养老的太监庙;而所谓形成师徒结,就是在宫里不断培养小太监来供养已经搬到外边的老太监。历史上还有一种情况,那就是广东顺德地区的"自梳女"。这些女性年轻的时候到南洋打工,给自己存下一笔积蓄,从南洋回来以后,她们或不结婚或不落夫家,彼此通过建立金兰结和师徒结,在一起生活,直到老去。另外,在中国传统中也有一些老年会(俗称白帽会、祝寿会、长寿会等)。其实,早在秦代就有"老人会"出现,老人会在历史上的主要功能是敬老、贺寿、举丧。我认为,这是一个非常好的民间传统。

第四个模式是"病友会",我认为这也是促进积极老龄化的社会组织。清华大学王思萌、王剑利、侯莹和曾繁萍四位青年学者分别完成的人类学研究涉及了目前的三种病友会:抑郁症患者QQ群、糖友会、抗癌组织。王思萌的抑郁症病友组织研究针对一个 400 多人的 QQ 群，其中包括老年人和青年人，参与者在线上互相交流如何抵抗抑郁症、如何就医、如何服药。根据王剑利的研究，由糖尿病患者组织的"糖友会"在国内也非常发达，任何一个大城市都有糖友会，一些医院也有，糖尿病病人通过 QQ 群组织在一起进行学习、相互鼓励、敦促服药、坚持锻炼。侯莹和曾繁萍研究针对的抗癌组织，包括被北京市民政局评为社会团体标兵的抗癌乐园。也许有人会问，抗癌乐园病友会是否能真正抗癌，至少从参加抗癌乐园的人们来看，他们相信这是有作用的。这是因为他们组织在一起开展体育锻炼，倡导遵从医嘱，同时在困难时刻相互安慰。我认为，在任何抵御疾病的过程中，这三个条件都非常重要。

迎接安宁疗护

在我们积极面对如何老去的问题之后，紧接着就自然而然地要面对如何离去的问题。

坦率来说，面对辞世，我们很多人感到恐惧。这种恐惧感自从有了人类后便一直存在。在古时恶性传染病泛滥的时代，人类辞世的过程很短；如今的慢病时代则不然，这个过程被延长了，由此带来了辞世质量低下的大问题。在我国也是如此，比如，有外媒在 2015 年做了对有关全球人类辞世质量的调查，这个调查有 80 个国家参加，中国排在第 71 位。这个排序，向我们提出了一系列问题。

首要的问题就是我国的安宁疗护事业不发达。安宁疗护也称为临终关怀、末期关怀或者姑息治疗。国内现在固定的说法是从临终关怀过渡到安宁疗护。辞世质量国际排名的评估,首先考量安宁疗护的需求有多大,另外也要考量安宁疗护的机构能力有多大——当时我们在这方面丢分太多。

安宁疗护最主要的三个特征是:缓解躯体的疼痛、减少精神的困扰和疏导心理的情绪。在我国,安宁疗护事业刚刚起步。根据中国卫生年鉴表明,2018年全国安宁疗护机构有276家。另据国家卫健委老龄健康司统计,2018年全国接受安宁疗护的患者共28.3万人。考虑到我国每年有200多万癌症患者辞世,再加上因慢性病辞世的人,为28.3万患者提供安宁疗护,目前还是一个非常小的数字。

所幸的是,自从2017年国家启动了第一批安宁疗护试点、2019年第二批试点启动以来,已经开始把安宁疗护病床、病房、中心制度在全国76个城市推广。

为了论证安宁疗护的必要性,清华大学和山东大学联合完成了一项临终期癌症患者生命质量的研究——所有病人中,癌症患者最需要安宁疗护。近年来,我国每年新发癌症病例350多万,男性癌症发病率前三位的分别是胃癌、肺癌、肝癌,女性癌症发病率前三位的分别是乳腺癌、肺癌、肠癌。在我们的研究中,男女癌症患者共776人,平均年龄64岁——这意味着大多数患者是中老年人。在我们的样本中,76%的癌症患者是农村居民。

通过研究我们发现,大多数农村癌症患者最后离去是在家里。在我们的样本中,他们的两年存活率仅仅在15%上下。这意味着,他们被查出癌症的时间太晚了。还有一个发现也耐人寻味,那就是在西部地区，癌症治疗的费用反而更高——因为西部需要从发达地区请大夫去做手术，而药品、器材、人才从东南沿海向西部流动的中间环节也会增加费用。在最后三个月的医药费用支出上，假如一个人最后在医院离去，那么费用最高的要花费 10 万元左右；假如在家中离去，费用最低的也要花费 3 万元左右。灾难性支出的问题也值得关注。灾难性支出有三个判别标准，即由于患有癌症，落在贫困线之下，借钱支付医药费且短期内很难偿还，这个比例无论城乡都超过 94%。在我们的调查中，花得最多的是一个农村中学校长，最后三年到处看病，花了 55 万元。

值得注意的是，研究样本显示，70% 的癌症末期患者无法平静地与大夫讨论自己的病情，也无法和亲人讨论自己的身后事，原因通常是比较严重的疼痛问题。在我们研究涉及的患者中，感到相当疼痛和非常疼痛的患者比例占 62%。最后于家中辞世的农村患者，有近三分之一感到无比疼痛。

不同于"安乐死"，安宁疗护致力于减少患者身体病痛的同时平静他们的内心，最终帮助患者从容、有尊严地离去。

——摘自《光明日报》（2020 年 4 月 4 日 06 版）

演讲人：清华大学社会学系教授，博士生导师 景军
演讲地点：人文清华讲坛
演讲时间：2019 年 12 月

生的对立面或许不是死亡，而是遗忘。

告别

第十二篇章

本集导演：谢抒豪 孙功旭

故事讲述人：阿云嘎

「请记住我，虽然再见必须说。」
Please remember me, even though we must say goodbye.

聂爱荣,你醒啦?

睡得好吗?口渴吗?

口渴的话我倒杯水给你喝,我去倒水哈。

这个男人,我不认识。

来,坐起来。喝一口,再喝一口。多喝点儿舒服。

每天,他都会出现在我的家里。

你怎么回事?!窗户不可以开,开了摔下去,我怎么办?

他经常冲我发火。

你干什么？啊？你干什么？！不可以出去的！

也不让我出门。

你怎么过来了？快点儿去那边躺着，我烧早饭。

还不让我走动。
每天，如影随形。

偶尔，他也会静下来。

在家好好待着，我出去买点儿东西。
乖一点儿，再见。
再……再见。

当你老到忘了世界，我用什么来爱你。

聂爱荣（左） 巢文臻（右）

巢文臻，72岁。

四年前，老伴儿聂爱荣被确诊为阿尔兹海默病。2019年6月，她住进了护养院。巢文臻说，老伴儿的病情越来越严重了，从丢三落四，到记不得人。

现在，快把他也忘了。

老巢：这个板子是为了提醒她用的，自从她生病，这个板子也写了两三年了。她以前还比较清醒的时候，我会帮她写好，比如"不要外出"。因为就算你跟她说了，她也不记得。

老巢：我真是被她搞得神经病都要出来了。你看我上面还写了

第十二篇章 · 告别

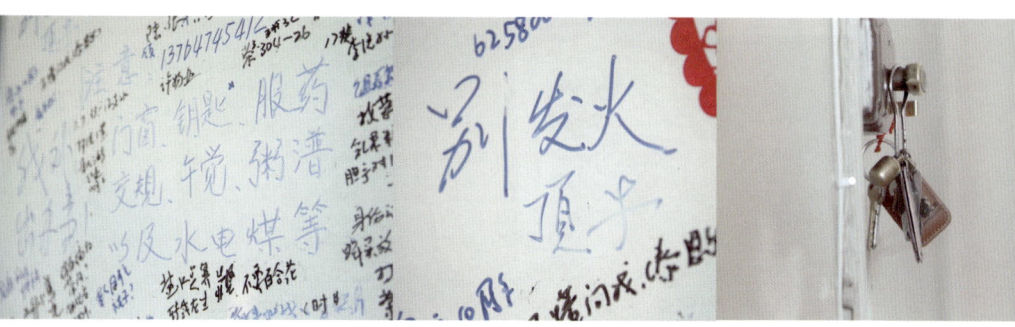

"别发火,顶住",是用来提醒我自己的。因为我也会发火的,她弄得我受不了,吃不消。

老伴儿入院后,这块板子,巢文臻没舍得摘。

"当你老到忘了世界,我用什么来爱你?"老巢无奈道,"她听都听不懂。"

但是细细想来,他还是坚定了自己的心:"我爱还是照样爱她的。"

这个钥匙圈,是聂爱荣在两人谈恋爱的时候送给巢文臻的。他一直爱不释手,这个钥匙圈便也就跟随了老巢四十几年。

今天,老巢要去一趟护养院,看看老伴儿。

从家里到护养院——11站地铁,4站公交车,再步行800米——这样的路程,老巢每周都要走上四五趟。

老巢开心地把老伴儿抱在怀里

老来见,最浪漫。

路上的老巢,像是在赴一场甜蜜的约会。

老巢:聂爱荣!我是谁啊?我叫啥名字?

聂爱荣:巢文臻。

老巢:(抱住)认得我,认得我!很开心!

老巢说老伴儿平日里很节约,很多东西舍不得吃,现在她记不清楚太多事情,自己就多弄些好吃的给她。

老巢最开心的,是老伴儿能记住他的名字,能和他撞撞头。

老巢: 这个是什么字啊?

聂爱荣:敬业。

老巢:还有呢?

聂爱荣:恪尽职守……

老巢:乐于奉献。

妻子骨质疏松,像这样的散步,越来越奢侈了。而像今天这样的对话,也让老巢觉得很欣慰:"她愿意讲,蛮好的。有的时候她不想说话,也讲不出来。今天讲得出来,蛮好的。"

老巢说自己愿意为了妻子放弃一切。之前的战友聚会、朋友聚会,他一概不去,因为即便去了,也放心不下在护养院的妻子。

我们问他:"那你不就没有个人生活了吗?"

老巢与老伴儿散步

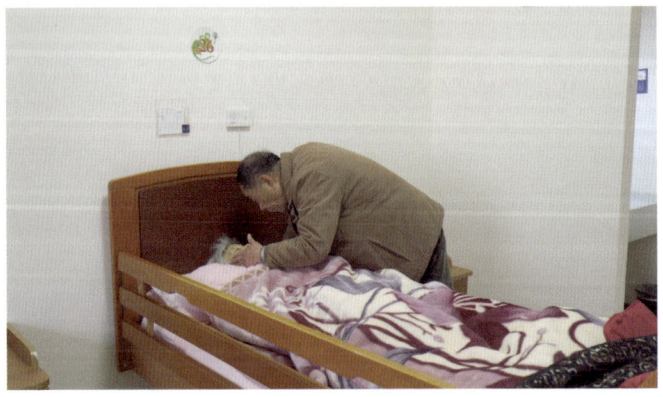

老巢在和老伴儿告别

老巢不在意地挥挥手,说他从未觉得妻子是负担,陪着她也是一种开心。

执子之手,与子偕老。
"我觉得能这样牵着手,就很开心。"

老巢帮妻子擦完脸后,她就有些疲惫地躺下,准备休息了。

老巢:聂爱荣啊,你要睡觉了是吧?那就睡吧,我走了哦。走了哦,你乖一点儿,听话,不可以摔跤的啊。亲一亲。真的要乖一点儿哦。

临走前,聂爱荣一直躺在床上小声嘟囔,老巢凑过去仔细听辨,才发现妻子说的是:"把钞票给他们(摄像)。"
这句话把大伙儿都逗乐了,老巢笑得尤为开怀,因为虽然闹了个乌龙,但是,妻子能这样说话,说明她今天是相对清醒的。

"我很开心。我真的很开心。"

但,回家后的老巢沉默了许多。
老伴儿离开了家,老巢,就变成了空巢。

千般难舍千般舍,万事不甩万事甩

2019 年 12 月 27 日

老巢病倒了。

医生告诉他,他的前列腺上有肿瘤。老伴儿的身体每一天都比前一天更差。老巢和我们说有一些事,他要想到前面。

老巢:遗嘱懂不?知道啥叫遗嘱不?

聂爱荣:想不出来那么多。

老巢:想不出来那么多啊?反正我总归代表你了,总归要让他们（儿子和儿媳）好好的。要好好地做人，要安全健康，你说对不对？

聂爱荣：好。

老巢去了趟中华遗嘱库，他要立一份遗嘱为身后事做一些安排。

立遗嘱，要自愿并且头脑清晰、有表达能力。

所以老巢只能一个人。

截至 2019 年年底，中华遗嘱库已登记保管了 16.5 万份遗嘱。我们很难想象，在这些告别的遗嘱里，有多少种与世界和解的方式。

工作人员：阿姨，您这句抄错了。

工作人员：这是在第二页。

工作人员：这是一个中文大写的"贰"字。

工作人员：在这里增加一个符号。

工作人员：有括号的地方不要漏掉。

工作人员：这个是签在后面的。

……

来这里的人，很多并不忌讳谈论死亡。这些立遗嘱的人就像小学生认真书写着人生的作业，不能有一个错别字。

胡忠民，陆文贞。一对上海老夫妻。

陆文贞：刚刚到这里来的时候，我想得很简单的。真到了写遗嘱的时候，心里头好像有点儿千头万绪的感觉。怎么说呢，形容不出。

胡忠民：老婆，我又要把你"取缔"（反驳）了。我们写遗嘱，实际是让你放下身后的包袱。你现在不是放下，反而加重了。

陆文贞：没加重，谁说要加重了。我觉得完全没有什么的，我又没说要加重。

老胡乐呵呵地跟我们谈起了遗体捐献的事情："2006年的时候我们就办了遗体捐献。现在把人生最后一件事情也安排好了，心里非常安定。人最重要的就是心态，心态好了，身体好了，生活质量也就提高了。"

陆文贞（左） 胡忠民（右）

老巢也一样,他也要捐献遗体。

老巢:我妈妈已经过世 22 年了。只要去扫墓,我就会跟我儿子说,我说儿子,我今后不要墓地,我要捐献遗体。每次他都说现在不讲这个事情。不要讲,忌讳。要我说,这个东西,看明白了就这么回事。

人,要如何与这个世界告别?
有人录下一段话。
"崽,当你看到这份遗嘱的时候,爸爸妈妈已经不在了。之前你做的一切,妈妈很伤心。现在爸爸妈妈不在了,你自己要认认真真做人。"
"我们走了以后,你们要好好生活、享受人生。"
"好好照顾身体,不要再熬夜了,不要因为一些小事发脾气,你已经长大了。"
"希望我们离去后,你能保重身体,工作顺利,生活安顺。"
……

而老巢写了一首诗。

天堂之门向我开，
不尽思绪滚滚来。
千般难舍千般舍，
万事不甩万事甩。
幸喜寒门志不衰，
频遇艰困仰众爱。
愿把皮囊献杏林，
魂归父母应节哀。

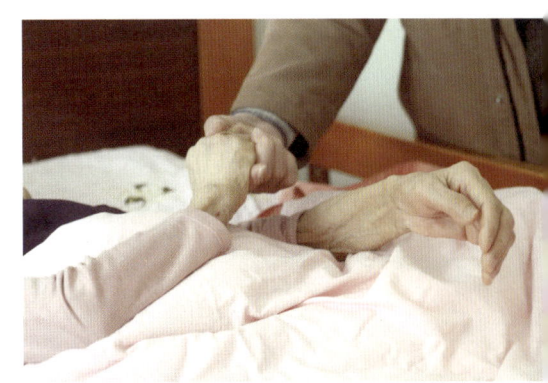

请记住我，虽然再见必须说

2020 年 1 月 18 日

老巢收到一个坏消息，老伴儿的腿，摔断了。

老巢赶忙赶往护养院看望老伴儿，见面后他还是会习惯性地问她："聂爱荣，认识我吗？"问了几遍之后，老伴儿小声说："认识。"老巢高兴地亲了亲她。

然而看着摔伤的老伴儿，老巢还是难掩心疼。

恰逢新年，老巢握着老伴儿的手，说起自己的新年祝福："我祝你新的一年，一切都好。最大的愿望是，不要忘记我。"

你可以不记得我是你丈夫，但请你记得我是好人。因为，好人是值得信任的。

儿子巢晖和儿媳来看望母亲，因为巢晖是第一执行人，老巢还是不得不跟儿子谈论起了捐献遗体的事宜。

"我这个老头子想得很开了，告别诗我都写好了。巢晖，你就同意了吧。"

儿子不同意捐献遗体。

巢晖

老巢开解儿子："我跟你说一句心里话，巢晖，捐献遗体是利国、利民、利己的事。我不仅要你签字，还要你严格执行。对你们小辈来说这是比较难的事情，但是，想通了就好了。"

2020 年 1 月 19 日

今天，儿子带老巢来到医院做穿刺检查。

说起捐遗体的事情，巢晖感慨道："为什么每逢清明节大家都会去扫墓，其实就是对逝去的亲人的牵挂。如果捐献了，那以后我要到哪里去拜祭自己的父母？"但他了解自己父亲的性格，知道很难说服他，所以即便自己很难接受，但最终可能还是会尊重父亲的想法。

穿刺做完了，肿瘤是良性还是恶性只能等待命运来宣判。

2020 年年初，新冠肺炎疫情暴发。

老巢居家隔离，护养院进不去，老伴儿也就见不到了。但好消息是，检查报告出来了，肿瘤是良性的。

第十二篇章·告别

老巢写了一封信，准备录下来，让护士经常给老伴儿看一看——他担心，自己被老伴儿遗忘。

> 最爱荣啊，我现在因为去不了护养院，只能隔空跟你说话了。
>
> 自2020年1月24日，大年夜，在护养院跟你见面后，因突发的新冠肺炎疫情，至今两个多月未能与你见面，心中十分思念。用电影《洪湖赤卫队》里的一句台词来形容：满腹的话不知从何讲，含着热泪叫爱荣。
>
> 回想我们结婚四十多年来，同甘苦、共患难，经历了八次搬家。其中有八年，你总睡在地板上的，但是你从无怨言。在家里你是标准的贤妻良母，从不讲吃喝玩乐，只知道做家务、相夫教子。
>
> 想不到没享多少福，你就生病了。从2019年6月送你去了护养院，我就知道，这是一次一去不复返的生离死别。无奈，只有这样，才能好好地照顾你。
>
> 送走你之后，我睹物思人，肝肠寸断，魂不守舍。天天看你，天天想你，也得了抑郁症，只能问医求药。
>
> 我深知，只有我不倒，才能使你活得好一些，才能给孩子们减轻负担。我必须直面现实，直面人生。
>
> 在人生的终点，我愿奉献上我的身体，平淡而有意义，此生安矣。
>
> 最后祝你，一切都好。

老巢：那真的是生离死别。我根本不想放开她,但是没办法。我知道后面会发生什么,也只能让她去。后来在护养院,她因为骨质疏松有过两次摔跤、骨折,一个礼拜以后我再去看,她已经是这样子了(十分严重的驼背样)。她本来可以这样站着的,我去看她的时候她已经是这样了。我马上就号啕大哭。

老巢：他们说,你叫他们把老太太的视频发给你看看。我说我不要看,当然不要看。视频、照片我都有的,我不敢看。看了更想她,我又不能碰到她。要是我在那边想她,我还能碰碰她。

老巢：上次他们把视频给我看,她已经很木讷了。我叫她,她只能看着我,但是根本讲不清。

或许,生的对立面并不是死亡,而是遗忘。

即便你老到忘记世界,我仍永远记得你。
I will always remember you,
even you are too old to remember the world.

导演**谢抒豪**手记

努力地，去记住

"死亡通常是故事的结局，但实际上，它是故事开始的地方。"

巢文臻告诉我，他对死亡有两重定义：肉体的死亡和记忆的死亡。

在他把患有阿尔兹海默病的老伴儿送到护养院的时候，从心理上，曾经的那个妻子对于他来说，其实已经死亡了。老伴儿再也记不起所有他们曾经经历过的那些年、那些事了，甚至会喊错自己和儿子的名字。他想她、念她，每周固定要去四次护养院照看老伴儿，剩余的两天留给自己，去医院配药。他不舍得把家里黑板上的那些留言擦掉，因为巢文臻依然在提醒着自己：老伴儿还在身边，她还好好地活着，只是没有了记忆。

什么是告别呢？

有人说，告别可能是一瞬间的事。但对于巢文臻来说，不是。

告别是漫长的、痛苦的、长情的。从家到护养院，两小时的路程，巢文臻需要换两次地铁、一次公交车。对巢文臻来说，多见一次面，就会多一次回忆。

在护养院，巢文臻和老伴儿经常会有着年轻小情侣之间的甜蜜时刻。喂饭、散步、亲吻一下后，哄着睡觉。

"我是不是好人？"

巢文臻不会再问老伴儿一些更复杂的问题了，他知道在老伴儿心里，无论他是谁，只要他还是一个好人，这就已经是最好的答案了——至少老伴儿不会反抗，至少她知道巢文臻做的所有事，都是为了她好。

我问巢文臻什么是爱情，作为年长我近五十岁的他，并没有给我一个很明确的答案，也没有太多过来人的忠告。但是他说，他希望有一天老伴儿能比他先走，因为这样，他就可以照顾老伴儿一辈了了。如果他先走了，谁来照顾老伴儿呢？

家里的相册里，巢文臻留着很多妻子的相片，这是回忆的证明。

"那时候搬了好几次家，她也是这么苦苦地跟着我，有时候只能打地铺。"类似的回忆有太多太多，巢文臻总是把家里收拾得一尘不染，尽管他并不特别擅长做家务，但家，永远还是家的样子。

我依旧记得在中华遗嘱库遇到巢文臻的那个早上。永远的那件米黄色的夹克衫，还有出门必拎着的那个小包。他准确地记得电话里帮他预约登记的遗嘱库老师的名字，对他来说，这是必须认真对待的一个早晨。为此，他已经准备了很久。

在之后拍摄的日子里，巢老师总是会问清楚我们摄制组每个人的名字，并尝试着记住。同样，他还能记住那辆每天前往老伴儿住的护养院的公交车师傅的样子，记住每一个护理老伴儿的护工的脸。

巢老师并不擅长像年轻人那样，用手机拍摄去记住很多事情，但他正在用自己最认真的方式，去记住每一天、遇到的每一个人。

因为老伴儿的记忆衰退，所以，他要更努力地去记住。

还有正片中出现不多的胡忠民老先生，他也在用自己最特别的方式去记住自己认为最重要的东西。

两年前，从市区的小房子搬离至奉贤郊区，对他来说，最重要的就是可以有一个能容纳他所有收藏的空间。他收集那个年代专有的火花和邮票，这些承载了属于他那个时代的记忆。他把所有的邮票全部整理成册，收集在一个个简单的蓝色文件夹里。他腿脚不便，妻子陆文贞喜欢和姐妹们到处玩耍，他就自己一个人在家慢慢整理。这是他最大的乐趣。因为每一个文件夹，都是记忆。

"我知道儿子不喜欢这些，在我百年之后，我可能会把这些送给有同样爱好的人。"在所有的票据收藏里，有一封最特别的，是一张空白的亲情寄语卡片，它来自中华遗嘱库。写好的那张，他投进了时光慢递邮箱，然后他又拿了一张空白的，永远留在了他的票据收藏夹里。

我们忌讳讨论死亡。逃避，是面对死亡时大多数人的选择。就像在中华遗嘱库蹲点时那样，很多人会拒绝拍摄、拒绝镜头，甚至勒令删除他们的镜头。

其实想想，自己不也是如此吗？遗嘱库距离我家不过数百米，我每天都会路过，但是从来不曾想上到 M 层去看一看。在遗嘱库这样一个离死亡很远，但离探讨死亡很近的地方，很多人都特别忌讳聊生死。

因为他们说："死亡，看不见也摸不着，何必要去想这么多呢。"

但我们同样在遗嘱库，遇到了愿意和我们敞开心扉的人们。接受我们拍摄的人不多，巧合的是，大多数接受我们拍摄的采访对象，都已经签署了遗体捐献意愿书，或者准备签署。

我知道在这样一个城市，做出这样选择的人并不是大多数，但他们的勇气和坦然，足以让我敬佩。

结束这集《告别》，很难说我们就不会再惧怕死亡了。但或许，我们也不需要再去太过担心那个还没到来的东西。因为活着，好好生活，才是死亡与离别所教会我们的最重要的东西。

在最后，希望各位在看完纪录片后，可以去抱一抱身边的朋友、家人，然后继续向前，这大概就是我最大的心愿。

会记得

故事讲述人：阿云嘎

第一次来到北京，告别草原，告别战友们，告别家乡。

我背着吉他，拎着大大小小的行囊，在半路被司机放在了一个不知道是哪里的地方。举目四望，不认路，也舍不得打车。

原来，告别是再不见故乡的月，是揣着梦想，背水一战赴天涯。

曾经我的梦想，就是来北京能够有个地方住，能养活自己。我不是一个会给自己制订太多计划的人，每天都能开心，能热爱自己从事的事业，足矣。而今，我觉得自己的梦想实现了。一个从草原牧区来到大城市的孩子，能够扎根立足，我已经很知足。

你看，告别就是褪去曾经的稚嫩和青涩，遇见勇敢而坚定的自己。

我的人生中，真的有过挺多次告别的。

小时候特别恐惧死亡。死亡意味着你再也见不到这个人了。后来明白，人生本就像一趟列车，从出生开往死亡，途经人间。也许正因为有了生离死别的无可奈何，不愿意放开的手，才更动人。

还是要去期待每一份相遇，珍惜每一次陪伴，体味每一个瞬间。

尽管我们并不擅长告别，尽管我们必须告别，但我们可以选择，不遗忘。

Please remember me.

请记住我，尽管我们终究要告别。

*The Firsts
in life*

后记
愿我们都是生活里的"真心英雄"

"灿烂星空,谁是真的英雄,平凡的人们给我最多感动……"

《人生第一次》以"记录每个平凡中国人的高光时刻"为主题,用影像的方式,为日常生活中的"真心英雄"画像。

从萌生想法开始策划,到拍摄完成直至播出,我们一共用了三年多的时间。起初,我也一度担心,到头来拍摄出的会不会是一本流水账?毕竟"高光时刻"可遇不可求。但在现实里扎得越深、越久,我就越发能体会到塞涅卡的那句名言:"何必为生命的片段而哭泣,我们整个人生都催人泪下。"

有人说,听过很多大道理,却依然过不好这一生。《人生第一次》不输出大道理,只想用一场打破日常的"阅览",带你去生命的各个"章节"看上一看,然后更好地拥抱每一个"人生第一次"。

借此机会，我想和大家分享打开这部纪录片的三种方式。

第一种，以微观人生的特写视角，发现平凡人生的不凡。

人生时钟，嘀嗒作响。当我们跳出"身在此山中"的混沌迷茫，遍看一个个中国人的"典型人生"，感受截然不同。

母亲一朝分娩、孩子蹒跚起步、青年步入职场、新人互表誓言……对每一个普通的个体来说，这些司空见惯的人生片段，都是身披战袍的光辉瞬间。你有没有觉得，在生活里一路风雨兼程、一路披荆斩棘的我们，无时无刻不在共同上演着"超人总动员"。

如果不是因为拍摄《人生第一次》，我们不会留意到，外表坚硬的父亲，在背过身去的时候，抹过多少次泪；也想象不出，中国竟有8000万残疾人，他们为了生活梦想，比我们付出了更加艰辛的努力；更不会真正懂得，在无常的人生里，最幸福的事，莫过于有人问你粥可温，有人与你立黄昏。

创作的过程，是我们冲破眼界茧房、推开世界大门的过程，也是我们拿出"显微镜"对平凡生活进行再发现的过程。

原以为普通的，其实不普通。

原来在沉默的，终于不沉默。

借由这种"看见的力量"，生命尽情展示着我们一度忽略的力与美。

第二种，以鸟瞰人生的全景视角，直面真实人生的波澜。

《人生第一次》播出期间，新冠肺炎疫情突如其来，许多人经历了有着特殊意义的"人生第一次"，真正意识到：生活这条河流，原来真的是有巨浪滔天的。

其实人生就是这样，酸甜苦辣，阴晴圆缺。创作让镜头循序行进在人生的断面之上，时而日星隐曜、薄暮冥冥，时而春和景明、皓月千里。创作整体以克制含蓄的客观记录，轻轻牵起每个人的手，在奔腾向前的生命之河里，感受必经之处的万千风景，也感受看得见的激流险滩和看不见的暗潮涌动。

在展示多重视角的人间真实的过程中，创作将一定的篇幅给到了留守少年、进城务工、抗癌家庭、残障人士等特殊群体，同时呈现了疾病、分离、死亡等相对沉重的议题。于2020年特殊的年份背景下来看《人生第一次》，很多观众更能尝试着去直面片中所涉及的"生命不可承受之重"。

中国人的生命教育向来比较避讳"死亡"，这不得不说是一种缺失。抗癌厨房里升腾起的烟火气，还有老巢在立遗嘱时写下的诗作"天堂之门向我开，不尽思绪滚滚来，千般不舍千般舍，万事不甩万事甩"，都是《人生第一次》播出后广泛引发热议的部分。这从侧面说明，当下的观众需要这样的讨论空间。

以终为始，向死而生——这是一种智慧，但愿《人生第一次》起到了一点点补齐生命认知的功能，也能让大家感性地认识到，人生的每一分钟都值得牢牢把握。

第三种，以比对人生的参照视角，找寻幸福人生的答案。

我们往往只有在拉长的时间线里，才能看清那些不动声色的生活真理。

所以，观看《人生第一次》的方式，可以是投射现实、观照自身，也不妨将其原本的叙事顺序重新排列、组合，在比对中，找到幸福人生的密码。

《上学》篇里，被妈妈安排各种学习的小姑娘疯狂吐槽："我快被妈妈搞疯了！"小姑娘的妈妈回忆起自己小时候讨厌被妈妈逼着练琴，还发誓以后自己有了孩子不会这么做，如今她早已理解为人父母的良苦用心："如果当时妈妈能够更严些，或许现在的自己会有个一技之长。"

到了《退休》篇，在堪称"热血高校"的老年大学里，很多人刻苦学习，甚至不愿毕业，他们重拾的是年少时未竟的梦想，"每天去上学的感觉，是很好的"。

《结婚》篇的英文翻译不是"Marriage"，而是"Yes, I do"。

在《相守》《退休》《养老》《告别》篇里，那些彼此搀扶、携手蹒跚的身影，病床前十年如一日的温柔守候，也许才是爱情的真谛。你看，"无论顺境还是逆境，无论贫穷还是富有，相爱相敬，不离不弃"的婚姻誓言，是要用一生去践行的。

《出生》和《告别》，呼应的是出生的喧嚣和生命终结的静美；《当兵》与《上班》，诠释的是关于勇气的两种表达，前者是男孩儿到男人的凤凰涅槃，后者是弱者到强者的破茧成蝶；《买房》与《养老》同样涉及了房子，成家立业的时候觉得房子是给人生穿了一层盔甲，告别房子去到养老院的时候，想带的东西竟寥寥无几。

　　《人生第一次》在全片终结之际，借由老巢俯身写信的背影，为整季节目来了一次快速的"倒带"。镜头最后落在一个孩童的身上，好奇而清澈的眼神，那是我们在生命之始看待世界的样子。

　　当在"人生图鉴"里走上一遭，再回归自己于生命标尺中所处的刻度，你有没有一种将平淡人生握在手心的踏实与感激呢？

　　愿我们都是生活里的"真心英雄"，既然推开了世界的门，那就"捧着一颗不懂计较的认真"[①]，继续向前吧！

唐晓艳
中央广播电视总台央视网副总编辑
《人生第一次》总监制

---

① 摘自歌曲《推开世界的门》

总导演手记
棕熊与鸬鹚

大家好，我是《人生第一次》总导演秦博。

在此之前，我是《人间世》第二季的总导演。当初，央视网找到我们团队，聊起这个项目时，我就觉得，这是一个全新的挑战。

说起两个项目最大的区别：《人生第一次》像是从"河流"中撷取一个个"断面"；《人间世》则是从"断面"中撷取一条条"河流"。而两者的共同点，则像它们的名字所昭示的那样：都把"人"字放在首位。

具体来说，在拍摄《人间世》时，我们选取的是"医院"这个"横断面"。在这里，交织着一条条命运的"河流"，一处处峭壁林立的急流险滩，它们天然具备大生大死的势能、大开大合的张力。而我们，就像蹲守在大马哈鱼洄游必经之路上的棕熊，不预判、不策划，耐心等待，静静观察。

但《人生第一次》则恰恰相反，它犹如一条波澜不惊的大河，拍摄维度拉得很大：从繁华都市，到大山深处；从呱呱坠地的婴儿，到耄耋老人；从孔武有力的军人，到重症肌无力的残障人士。相较于急转直下的命运湍流，普通人静水流深的情感生活，其实更难拍。上班、买房，这些事我们都经历过，能不能捕捉到独特的视角，让熟悉的东西展现出不一样的地方？这就需要我们具备鸬鹚般的洞察力和敏锐性，需要我们主动出击、潜入水底，需要我们预判与策划。

比如，画风颇为欢快的《退休》一集，就得益于前期的策划。策划伊始，这集的基调就是奔着幽默去的。老年大学里会有一些好玩儿的点，当时选择拍摄地时，定的就是东北或四川，因为风格会比较欢脱。这集片头，"招生"广告般的剪辑方式瞬间将观众吸引进这所老年版的热血高校；失明老人写下的诗词《念奴娇·共享单车》等故事细节，又让《退休》一集始终带着些对生活的热爱。

预判，需要将策划内容提前；而纪录片最大的魅力，又在于它的未知。未知和预判如何平衡？需要具体情况具体分析。《人生第一次》时常会有一些围绕"议题"展开的延伸补充，这是我们喜欢的模式，因为它逼近真实。

在12集中，令我感触颇深的是《长大》《当兵》《上班》和《告别》几集。这些大多讲述的是特殊群体的故事，尽管它不是所有人都会经历的事情，但他们所经历的选择和挑战会让人触动。

平凡的生活故事要找寻特殊的视角和方式进行讲述；而特殊群体的故事，则要在拍摄时应对诸多的不确定性。《长大》一集中，大山里的孩子在人生第一次写诗采风后写下自己的第一首诗歌，这是他们对他人打开心扉的一种方式;在军营驻扎三四个月,跨越半年拍摄下的《当兵》的故事,让观众看到了真实的空降兵新兵生活,而这也是12集中拍摄周期最长、难度颇大的一集。

不仅取材要特殊化选取,与画面相得益彰的旁白也要根据素材内容调整构思方向。以残疾人客服群体为拍摄对象的《上班》一集,就在叙事结构和旁白内容上做了不同于其他故事的设计。"我是河南人,看到画面里小镇青年的生活特别有感触。双十一当晚,残疾人就业培训基地屋子里的光线和彩色键盘的光影交织在一起,我看这个素材的时候觉得很魔幻,这就像一个童话里的魔法。于是撰稿时就做了影像化表达,整体内容上把关键性瞬间整合,进行了倒叙处理。""午夜,他们和正常人之间的那道鸿沟,消失了。"从双十一忙碌的客服场景开场,到引入这些特殊群体的工作和生活,最后又回到双十一的狂欢做收尾,《上班》一集在正常生活秩序和特殊境遇中来回穿梭。镜头的魔幻感源于对这份生命韧劲儿的敬佩,哪怕被电脑另一端的顾客谩骂,可被社会平等对待的他们,就在这里进入了与常人无异的生活轨道。

拍摄普通人的生活,需要有很高的敏感度,这十分考验拍摄者的记录素养。比如,《养老》中的一处细节让人印象深刻。在老人收拾好行李准备前往养老院时,旁白这样念道:"鞋27双,带走了7双;衣服150件,带走了84件;相册38本,带走了8张;荣誉证书10本,都没带。全新又未知的生活,开始了。"比起用对白或是文字描述老人此时的心情,这些发生在人物身上的数字,更能表露出一个人当下的心境。我们特别想记录当那个老人要去养老院的时候,她会带走什么东西,什么对她是重要的、必须的。这些东西,我们有意识地做了一个记录和统计。

《人生第一次》是比较温情的中国人情感表达的纪录片,《出生》《上学》《长大》《当兵》《上班》《结婚》《进城》《买房》《相守》《退休》《养老》《告别》——从哇哇啼哭到坦然写下遗嘱——《人生第一次》完成了对于人生中颇多重要时刻的节点式观察记录。

12集,12个主题,既有宏观群像的展现,也有微观个体故事的讲述。拍摄时要敏感而细腻,讲述时要冷静而客观。在这些信息量的叠加下,纪录片中真实的力量,也就自然被放大了出来。

这是在疫情中完成的平凡人生活记录的纪录片,一个人漫长而又珍贵的一生,就这样在温情中驶过。看纪录片素材时,我恍如隔世,平凡生活中美好的东西,让人倍感珍惜。

纪录片,也发挥了它宁静的力量。

秦博

主 创 人 员 名 单

出品人
钱 蔚

联合出品人
陈雨人

央视网

总 策 划	魏驱虎 李 鸣			
总 监 制	唐晓艳 兰 军			
总制片人	张 昊			
总 统 筹	黎晓炜			
制 片 人	陶皆辰			
项目统筹	李慧影			
发行统筹	郭 颖			
版权支持	谢军强 田 琳			
运营经理	王佐亚 刘婉婷			
市场拓展	关 键			
宣传统筹	张凌云			
宣传推广	孙艺鸣			

内容运营	张芸菲 段玉舒 张御牮
	朱雪莉 曹雪娜 李 婷
	张哲瀚 史亚会 孙静文
编 导	栗广宇
平面设计	张继颖 初木炎
摄 影	王卅 刘东
剪辑统筹	张 鑫
花絮剪辑	罗汐朦 李 畅 王丽贤
配音指导	少 维
录音师	陈和畅 树 皮 陈时豪
语言顾问	王庆峰

上海广播电视台纪录片中心

总策划	李逸			
总监制	周全			
总统筹	王俊	**灯光**	孙雷冰	司马舰
总导演/总撰稿	秦博	**录音**	张永恒 吴浩军	张智琦
分级监制	张昱瑾	**后期统筹**	董耀	俞胤
项目监制	欧阳国清 程莉	**剪辑指导**	杜朋	
策划	唐欣荣	**剪辑**	杜朋 吴杰	徐丽丽
制片	陈婷		刘育玮 牛鹏鹏	王陈君
导演组	于颖 施筱青 孙功旭	**剪辑助理**	余可可 杨威权	严文才
	张怡 詹佳骏 张涛		杜青青	
	陈婷 黄远 黄旭晨	**调色师**	陈佳瑶	周晓慧
	蒋逸哲 谢抒豪 唐欣荣	**片头设计**	周洪	施慧
导演助理	刘怀谷 马妙怡 刘家豪	**手绘动画**	施慧	张洁
	石晶谊	**海报绘画**	文那	
导演助理	陈健	**平面设计**	仲梦瑶	夏茵
摄影组	陈健 田光甫 洪军	**音乐制作**	田碧野	
	凌浩 宋洁寒 许伏金	**混音**	曹伊	
	尤桢炜 陈国强 腾凌云	**广告总监**	陈慧	
	贝凯凝 陈威林 张新升	**运营经理**	王颖	
	余兆理 郭昭 杨志清	**宣传推广**	陈佳岚	
航拍摄影	陈健 凌浩 田光甫	**市场拓展**	徐佳盈	
摄影助理	孙雷冰 司马舰 陈康立	**运营统筹**	张珂玮	周琰佶
	方泽嘉 李罗若谷 方杰			
	张永恒 吴浩军 张智琦			

片尾曲《推开世界的门》
演唱：杨乃文
词曲：火星电台·黄少峰

字幕组　熊猫译社

设备支持
尼康映像仪器销售（中国）有限公司
桂林智神信息技术股份有限公司
智云稳定器

协拍单位
上海广播电视台技术运营中心
上海尚霖文化传播有限公司
上海幻电信息科技有限公司

联合制作　未来电视有限公司

联合出品
上海广播电视台纪录片中心
深圳市腾讯计算机系统有限公司
上海宽娱数码科技有限公司

出品方　央视国际网络有限公司

致敬每一个
骨子里坚韧又乐观的
中国人

图书在版编目（CIP）数据

人生第一次 /《人生第一次》节目组编著. -- 南昌：百花洲文艺出版社，2021.11
ISBN 978-7-5500-4384-8

Ⅰ.①人… Ⅱ.①人… Ⅲ.①电视纪录片－解说词－中国－当代 Ⅳ.① I235.2

中国版本图书馆 CIP 数据核字（2021）第 173000 号

人生第一次
RENSHENG DI-YI CI
《人生第一次》节目组　编著

出 版 人	章华荣
出 品 人	钱　蔚　李国靖
特约监制	唐晓艳　王　瑜
责任编辑	黄文尹
特约策划	大　俊
特约编辑	大　俊
装帧设计	陈　飞
内文插图	张　琪
出版发行	百花洲文艺出版社
社　　址	南昌市红谷滩区世贸路 898 号博能中心Ⅰ期 A 座 20 楼
邮　　编	330038
经　　销	全国新华书店
印　　刷	北京雅图新世纪印刷科技有限公司
开　　本	880mm×1230mm　　1/32
印　　张	10.5
字　　数	183 千字
版　　次	2021 年 11 月第 1 版
印　　次	2021 年 11 月第 1 次印刷
书　　号	ISBN 978-7-5500-4384-8
定　　价	58.00 元

赣版权登字：05-2021-317
版权所有，侵权必究
发行电话 0791-86895108　　　　网　　址　www.bhzwy.com
图书若有印装错误，影响阅读，可向承印厂联系调换。